KB119681

착해져라,
내 마음

착해져라,
내 마음

다시   나를
사랑하게 만든
인생의 문장들

송정림

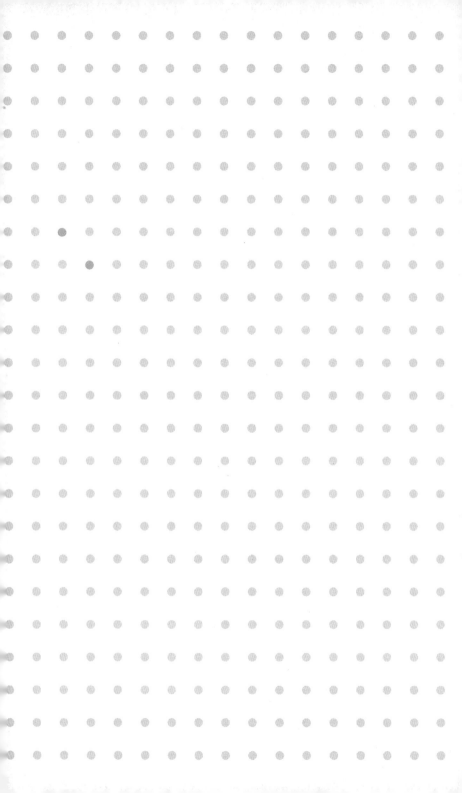

착해져라, 내 마음
순해져라, 내 인생

'착하다'가 '바보 같다'는 뜻으로 쓰이는 시대.
"왜 착해져야 하지?"라고 물을지도 모르겠습니다.

착하다는 것은, 순수하다는 뜻입니다.
순수하면 아주 작은 것도 크게 느낍니다.
순수하면 삶 앞에서 용감해집니다.
감동하고 감사하니 행복해집니다.
용기가 있으니 고난도 맥을 못 춥니다.

그러니 마음이 착해진다는 것은 인생이 순탄해진다는 뜻입니다.
내 앞에 놓였던 울퉁불퉁 자갈길이 잘 뻗은 고속도로가 됩니다.

이것은 저의 경험이기도 합니다.
무엇을 해도 행복하지 않고,
그 어떤 것을 봐도 마음이 설레지 않던 어느 날,
나는 행복해지기 위해서 착해지기로 했습니다.
하루에 하나씩 나에게 다가왔던 글귀나 말들을 떠올렸습니다.

책에서 읽었던 문장 하나가
늑골 어딘가에 깊이 박혀 있다가 튀어나왔습니다.

"오늘 당신에게 좋은 일이 생길 겁니다."

노랫말 하나가 가슴 문을 노크했습니다.

"나는 외톨이가 아니야. 고독이 나와 함께하니까."

강연에서 들었던 말 한마디가 내 독한 마음을 밀어냈습니다.

"지금 그 말이 그에게 건네는 마지막 말이 될지도 모른다."

한마디 말이 나를 다시 일으켰습니다.
한마디 말이 나를 다시 사랑하게 만들었습니다.

이 말들을 두 손에 담아 당신에게 전해드리고 싶습니다.
당신에게도 토닥토닥, 위로와 용기를 전해드리고 싶습니다.
그 행복의 비법을 나눠드리고 싶습니다.
내 마음의 순수를 찾아준 말들,
그래서 내 인생을 바꿔놓은 이 한마디 말들이
당신이 걷는 험한 길에 동행이 되어줄 거예요.
당신이 외로울 때 손을 내밀어줄 거예요.

슬프지만 미소를 지어주세요.

외로울수록 더 따뜻한 품을 내어주세요.

아픈 날은 지나가고 행복한 내일이 올 테니까요.

2015년 7월

송정림

"산다는 것은 기적의 상자 같은 것.
지금 이 다리를 건너면 멋진 일이 기다릴 거예요.
저 모퉁이를 돌아서면
기적처럼 좋은 일이 기다릴 거예요."

하루에 한 뼘씩,
착해지고 싶습니다

드라마 〈미생〉에서 김 대리가 소개팅을 합니다.
소개팅녀가 말하죠. 자신의 타입이 아닌 것 같다고.
김 대리는 왜 내가 싫은지 묻습니다.
헤어스타일 때문인지, 뚱뚱해서인지,
목소리가 이상해서 그런지……
그런데 그녀가 거절한 이유는 다른 데에 있었죠.

"별로 이기적으로 보이지 않아서 싫은 거예요."

소개팅녀가 덧붙입니다.

"밖에서는 사람 좋다는 소리를 듣지만
같이 사는 사람은 답답할 것 같아요.
저희 아버지가 그런 분이라
어머니가 많이 힘든 걸 보고 자랐거든요."

헤어진 뒤 김 대리는 이렇게 한탄합니다.

"어쩌다가 이기적이지 않은 게 흠이 되는 세상이 되었을까?"

그러게요.
어쩌다가 '착하다'가 '바보 같다'가 되는 시대가 되었을까요?
"그 애는 바보같이 착하기만 해"라는 말이
왜 이상하게 들리지 않을까요?

착함과 약함이 이음동의어가 되어버렸네요.
착함이 칭찬이 아니라 조소의 대상이 되어버렸네요.

착한 사람은 약한 사람이 아닙니다.
착한 사람은 용기 있는 사람입니다.
용기 있는 자가 추구하는 것은 힘이 아닙니다.
용기 있는 자가 추구하는 것은 행복입니다.
나를 버릴 줄도, 낮출 줄도 아는 용기를 지닌 사람.
남의 입장에 서서 배려하고 부드러움을 추구하는 사람.
그런 사람이 착한 사람입니다.

착한 사람은 손해 보는 사람,
그래서 어리석은 사람이 되어버렸지만
착한 사람, 그러니까 선한 사람은
알고 보면 가장 성공적으로 살아가는 사람입니다.

흔들리지 않을 테니까요. 그래서 행복할 테니까요.

착한 사람은 반드시 복을 받을 것입니다.
남에게 베푼 마음은 메아리처럼 돌아와줄 것입니다.

나의 소원은
자꾸자꾸 착해지는 것입니다.
착해져서 다른 이의 삶을 부드럽게 하고
착해져서 나의 삶도 부드럽게 흘러갔으면 좋겠습니다.

하루하루 육체는 늙어가겠지요.
그러나 착해지려 노력하면 하루하루 정신은 젊어지지 않을까요.
왕사탕 하나 입에 물면 세상을 다 얻은 것 같았던 아이 때처럼
아주 작은 것에도 크게 기뻐하고 오래 감동하고 싶습니다.
그래서 이 세상을 작별하는 날에는
철없는 아이처럼 그저 맑게 까르르 웃고 싶습니다.

》내 인생과 연애하기

어느 날 나는 알게 되었습니다.

어떤 것을 해도 신기하지 않고 더 이상 설레지도 않는다는 것을.

무엇을 사도, 어떤 것을 이뤄도 그 행복이 오래가지 않았습니다.

아프게 인정해야 했습니다. 나는 불행한 삶을 살고 있구나…….

전쟁 같은 삶을 살다 보니 고개를 들어 하늘을 보지 못했습니다.

고개를 숙여 풀잎을 보지 못했습니다.

날리는 머릿결에서 바람을 만나지 못했습니다.

그렇게 달려가던 어느 날 문득 멈춰 섰고,

내 마음을 방문했는데, 그런데…….

나를 만날 수 없었습니다.

어? 내가 어디 갔지?

맑은 눈동자로 하늘을 보던 내가 어디로 사라진 거지?

아주 작은 일에도 감탄사를 터뜨리던 내가 어디 간 거지?

꽃이 핀다며 환호하던 내가 어디 있지?

내가…… 사라져버렸습니다.

실종 신고라도 내고 싶었습니다.

삶은 더 이상 반짝이지 않았습니다.

일상에서 물기가 사라지고 사는 게 시들해졌습니다.

감동의 방법을 잃어버렸기 때문이었습니다.
다른 능력은 더 성장했을지 모르지만
감동의 재능은 퇴화해버린 것이었습니다.
그제야 깨달았습니다. 가장 서둘러야 할 일은
감동을 되찾는 일이라고.
그래야 다시 행복할 수 있다고.

내 삶을 돌아보았습니다.
감동의 순간이 언제였지?
가슴이 콩닥콩닥 뛰며 설레던 때는 언제였지?
그때는 뭔가 새롭게 시작할 때, 그리고 연애할 때였습니다.

첫경험…….
아직 경험해보지 못한 일을 하나하나 해보기로 결심했습니다.
이 나이 되도록 못해본 일이 뭐가 있을까 싶었지만
하나하나 적어가다 보니 뜻밖에 많았습니다.

그리고 결심했습니다. 내 인생과 연애에 빠지기로.
연애의 조건은 관심과 호기심입니다.
주변과 세상과 자연에 눈길을 주고 마음을 기울였습니다.

그러자 바람이 윙크를 보내주었습니다.
별이 손짓하고 있었습니다.
꽃이 바라봐달라고 애교를 떨고 있었습니다.

서서히 감동하는 순간이 잦아졌습니다.
신문의 한 줄 소식에서,
뉴스의 한 귀퉁이에서, 잡지의 기사 몇 줄에서
아름다운 사람을 만나고는 가슴이 뭉클해졌습니다.
거리에서 만난 사람이 내 마음을 따뜻하게 덥혀주었습니다.
멀리 가지 않았습니다. 그저 발길 닿는 대로 가보았습니다.
보이는 풍경마다 매혹되었습니다.
꼭 미술관에 가지 않더라도,
인쇄된 그림과 조각 사진만으로도,
그 아름다움에 반할 수 있었습니다.
한 권의 책이 영혼을 가득 채워주었습니다.
시 한 편이 상처 난 마음에 입김을 불어주었습니다.

시인 사무엘 울만의 말을 빌리자면,
사람에게는 "눈에 보이지 않는 마음의 우체국이 있"다는데,
우리 마음의 우체국에서는 어떤 우편물을 수신하고 있을까요?

이 계절, 지구 위 우리는 어떤 아름다움과 기쁨을
마음 우편함에 접수하고 있을까요?

지금 이 순간
가장 아름다운 풍경, 가장 아름다운 소리와 만나는 일,
그것에서 기쁨과 환희와 희망을 찾아보는 일,
그것이 바로, 내 인생에 건네는 따뜻한 악수입니다.

오늘은 어제보다
덜 슬프기를 바라는 당신에게

아침에 어떤 표정으로 일어나시나요?
어젯밤 좋지 않은 기억이 아직도 묻어 있는 표정인가요?

잠 속에다 나쁜 기억 다 털어버리고
깨어나 새롭게 시작하라고,
좋지 않은 기억 따위는 툭툭 털어버리라고
신이 밤이라는 장치를 마련한 것은 아닐까요?

아침은,
신이 보내는 위로입니다.

아침에 일어나 짓는 표정은
마음에 새기는 부적입니다.
그러니 일부러라도 밝게 웃음 지어보는 게 좋겠지요.

아침에 일어나면 가장 먼저 미소를 지어보세요.
그리고 오늘 하루도 건강히 시작할 수 있음에 감사해보세요.

《월든》의 작가 헨리 데이비드 소로는 아침에 일어나면
행복한 일을 한 가지씩 소리 내서 말해보았다고 해요.

아침에 일어나면 그를 따라서 이렇게 소리쳐보는 것은 어떨까요?

"라디오에서 좋은 음악이 흘러나오네? 얼마나 좋아!"
"화분에 꽃이 피었어. 얼마나 좋아!"
"오늘 저녁에는 반가운 친구를 만날 거야. 얼마나 좋아!"

그리고 아침에 가장 먼저 만나는 사람에게 웃음을 지어주세요.
그러면 당신은 그 사람에게 행운을 선물한 셈입니다.

아침에 가장 먼저 짓는 당신의 표정을
셀카로 찍어 저장해보는 것은 어떨까요?
그 표정 속에 아주 작은 그늘이라도 있다면
결점을 처리하듯 하나하나
그늘을 지워가는 작업을 해보는 것은 어떨까요?
무결점의 환한 아침 미소를 지을 수 있는 그날이 오면
당신 인생은 마법처럼 환해질 거예요.

오늘은 어제보다 조금이라도 덜 슬프기를 바라는 당신에게,
오늘 하루는 온갖 불행으로 가득 찬 판도라의 상자가 아니라,
오르골 음악이 흘러나오는 음악 상자 같기를.

내 인생의 수선공은 나입니다

집 앞 모퉁이를 돌면 작은 구두 수선집이 있습니다.
사람 좋은 웃음을 짓는 주인아저씨는
해진 자리나 망가진 굽을 멋지게 수선해줍니다.
흙이 묻고 더러워진 자리를 말끔히 닦아줍니다.
수선된 구두를 신고 길을 나서면
발걸음에 통, 통, 통, 음표가 실립니다.

문득 생각해봅니다.

우리 인생도 수선이 가능하다면 얼마나 좋을까?
시간의 어느 한 지점, 깨어져버린 곳을 말끔하게 메꿀 수 있다면,
사무치게 후회되는 시간을 도려내어 새 시간으로 채울 수 있다면,
시간의 어느 한 지점, 더럽혀진 곳을 깨끗하게 닦아낼 수 있다면,
그럴 수 있다면 얼마나 좋을까?

그런데 에밀 아자르의 장편소설 《솔로몬 왕의 고뇌》에서는
인생도 그렇게 수선이 가능하다고 일러주네요.

소설에서 솔로몬은 말합니다.

"난 다만, 사회의 불행들의 일부분을 수리해줄 뿐이야.
난 수선공일 뿐이야. 수선공. 그 이상 아무것도 아니지."

그리고 이렇게 말합니다.

"행복한 생은 수선해가며 이룩할 수 있지."

우리에게도 인생 수선공이 있다면 얼마나 좋을까요?
옷이나 구두처럼 인생도 말끔히 수선해주는 그런 수선공 말예요.

우리가 사는 인생, 불완전합니다. 그래서 우리는 불안합니다.
하지만 불안하다고 해서 생에서 도망칠 수는 없지요.
틈이 벌어지면 때우고, 고장이 나면 고치고…….
생의 이런저런 부분을 수선해가면서 행복을 만들어가는 일,
그것이 인생입니다.

그런데 인생을 수선해주는 수선공은
구두를 고쳐주는 사람처럼,
옷을 고쳐주는 사람처럼
다른 사람일 수는 없습니다.

내 인생의 수선공은 오직 나여야 합니다.

돌아보면 상처가 나 있는 시간의 그 지점,
스스로 호호 불어주고, 약 발라주고,
그리고 다시 새롭게 시작해야 합니다.

오늘은 어제보다 조금이라도
덜 슬프기를 바라는 당신에게,
오늘 하루는 온갖 불행으로
가득 찬 판도라의 상자가 아니라,
오르골 음악이 흘러나오는 음악 상자 같기를.

먼저 인사하세요
인생이 환해질 만큼

"안녕하세요?"라는 인사는
"고단한 삶이지만 열심히 살아가고 있나요?"라는 뜻입니다.
동시대를 살아내고 있는 동료들에게
동지 의식을 담아서 건네는 인사,
너와 나를 동시에 응원하는 인사입니다.

엘리베이터에 오르면 모르는 사람이 타고 있습니다.
"안녕하세요?"라고 인사를 건네면
모든 사람의 표정에 꽃물이 번집니다.
밝은 인사를 나누는 일은 인연을 소중히 여기는 일입니다.

같은 동네에 산다는 것, 그것도 같은 아파트에 산다는 것,
그중에서도 같은 동, 같은 엘리베이터를 이용하는 인연이라면,
그것은 보통 인연이 아닌 특별한 인연입니다.
그래서 나는 그 사람이 노인이든 어린아이든 학생이든
환하게 웃으며 인사를 건넵니다.

"안녕하세요?"

그리고 짧은 시간이지만 미소를 지으며

날씨 얘기나 학교 얘기나 동네 얘기 등을 나눕니다.
내릴 때면 오늘 하루 잘 보내시라고 인사합니다.
같은 곳에서 또 그 사람을 만나면 그때는 '모르는 타인'에서
'아는 사람'으로 바뀝니다.
가볍게 다가온 인연 하나를 소중히 여기니
기쁨의 공간이 조금 더 넓어집니다.

모르는 사람에게 말을 건네는 일, 사실 쑥스럽습니다.
모르는 사람에게 미소를 짓는 일도 망설이게 하는 요소들이 많죠.
더구나 말을 건네는 일은 우리에게 서툰 일임에 분명합니다.
그런데 일단 습관이 붙고 나면 별로 어렵지 않고,
생각보다 많은 사람들이 아주 기쁘게 받아줍니다.

평판 좋고, 인기 좋은 사람들에게는 공통된 특징이 있습니다.
인사성이 밝다는 것입니다.
인사를 잘하는 것은 굉장히 좋은 습관입니다.
인사 하나만 잘해도 인상 좋다는 말을 듣고
인정을 크게 받을지도 모릅니다.
우리나라에서는 허리를 굽혀 인사를 하지요.
상대보다 나를 낮추겠다는 공경의 의미이며 겸손의 표현입니다.

인사를 잘한다는 것은 마음이 따뜻하다는 증거입니다.

그러나 인사에도 타이밍이 있습니다.
그 사람이 날 알아본 뒤 인사해야지, 하면 늦습니다.
상대가 아직 나를 몰라본다고 해도
상대가 나를 알아보기 전에 먼저 인사하는 것
그것이 내가 먼저 건네는 인사의 조건입니다.

베스트셀러 《20대에 운명을 바꾸는 50가지 작은 습관》에서는
인사하는 타이밍을 3초 빨리 잡으라고 조언합니다.

그 사람보다 3초 먼저 인사해보세요.
그 사람이 이웃이든, 모르는 사람이든
웃으며 인사를 건네보세요.

'낯선 사람에게 3초 먼저 말 걸기.'
마음의 따뜻한 기운을 타인에게 전하면
타인의 미소가 반사되어 내 인생도 환해질 거예요.
60촉 전구를 켠 것처럼요.

혼자,
그것이 진짜 모습입니다

문을 닫을 때 그 사람의 인품이 드러난다는 말이 있지요.
앉는 모습, 걷는 모습, 말하는 모습, 일하는 모습
하나하나에 그 사람 자체가 들어 있습니다.
무심코 하는 행동에 그 사람 인생이 들어 있습니다.

다른 사람과 함께 있을 때
똑바로 행동하려는 노력은 누구나 합니다.
그러나 금세 들키고 맙니다.
앉고, 일하고, 먹고, 걷는 모습
모두를 바꿀 수 없기 때문입니다.
거짓으로 꾸미는 행동이나 말은 곧 들통이 나기 마련입니다.

혼자 있을 때 어떻게 하느냐가 나의 진짜 모습.
그 모습은 다른 사람과 같이 있을 때에도 어김없이 드러납니다.

"신독(삼갈 신愼 홀로 독獨):
홀로 있음에도 도리에 어긋나는 일을 삼가는 것."

《대학》과《중용》에 실려 있는 이 말은,
우리 가족의 생활 지침이기도 합니다.

'자기 관리'라는 말을 많이 합니다만,
'신독'처럼 자기 관리에 어울리는 말이 또 있을까요?
물론 몸을 만들고, 외모를 가꾸는 것도 자기 관리에 속합니다.
그러나 혼자 있을 때에도 행동을 바로 하는 것은
더 엄격한, 그래서 더 가치 있는 자기 관리입니다.

혼자 있을 때에도 몸가짐을 신중하게 하는 것.
사실 실천하기 쉬운 일은 아니지요.
누군가 나를 보고 있다는 생각으로
몸가짐을 바로 하는 연습이 필요합니다.
혼자 있을 때에도 다른 사람에게 비쳐지는 모습으로
앉고, 먹고, 일하고, 걷고⋯⋯.
그러다 보면 그 행동이 몸에 붙어 습관이 됩니다.

"혼자 있을 때 몸가짐이 좀 흐트러지면 어때?
남들 볼 때만 잘하면 되지."

이렇게 생각할지도 모르겠습니다.
그러나 남들이 있을 때만 바르게 행동하고
신중히 행동하는 것은 결코 가능하지 않습니다.

숨긴 것보다 더 잘 보이는 것은 없기 때문입니다.

나에게 신독은 아직 너무 어려운 과제입니다.

"나의 마음이 홀로 있을 때에도 당당하고 떳떳한가?"

그 질문에 자유롭지 못합니다.

시인 서정주는 자신의 시 〈자화상〉에서
"세상은 가도 가도 부끄럽기만 하더라"고 한탄했지요.
그러니 종종 내가 나를 맑게 관찰할 수 있는
'거울의 시간'을 가져야 합니다.

남들에게 비쳐지는 모습이 아닌, 내가 보는 나…….
그런 나는 지금 잘 가고 있는 것일까요?
제대로 살고 있는 것일까요?
내 마음이 대답합니다.
아직 멀었다고.

첫 마음,
그것이 진정한 자존심입니다

프랑스 철학자 볼테르는 자존심을 풍선에 비유했습니다.
자존심은 바람으로 부풀린 풍선이라고……
풍선은 잘 불어줘야 제 기능을 발휘합니다.
너무 지나치게 불면 뻥, 터지고 말지요.

하지만 자존심의 적정선을 지키기란 쉽지 않습니다.
사소한 일에 자존심을 세우다 낭패 보기도 하고,
때로는 자존심을 지키기 위해 눈물짓기도 합니다.

진정한 자존심 얘기가 있습니다. 테레사 수녀 이야기입니다.

테레사 수녀가 빵집으로 가서 말했습니다.

"아이들이 굶고 있는데, 빵 좀 기부해주시면 안 될까요?"

그러나 빵집 주인은 적선은 고사하고
"앗, 재수 없어. 얼른 꺼져"라며
테레사 수녀의 얼굴에 침을 뱉었습니다.
테레사 수녀가 그 침을 닦으며

또 한 번 사정했습니다.

"남는 빵이 있으면 좀 주시면 안 될까요?"

같이 갔던 봉사자가 울컥하며 말했습니다.

"수녀님은 굴욕스럽지도 않으세요?"

그러자 테레사 수녀는 이렇게 말했습니다.

"나는 빵을 구하러 왔지, 자존심을 구하러 온 게 아니거든요."

진정한 자존심이란 이런 게 아닐까요?
일하다 보면 자존심에 상처 입고 울고 싶어질 때가 많습니다.
그럴 때는 '난 돈 벌러 왔지, 자존심을 벌러 온 게 아니야'라고
테레사 수녀의 말을 빌려 마음을 다스려보는 것은 어떨까요?

언젠가 길을 달리는데 앞 차 뒤창에 이렇게 쓰여 있더군요.

"떴다, 왕초보!"

웃음이 나왔습니다.
그러고 보니 초보 운전을 알리는 글귀들이 다양합니다.

"완전 초보, 죄송합니다."
"조금만 봐주세요."
"세 시간째 직진 중" 등등……

초보 운전일 때는 자존심보다 목숨이 중요한가 봅니다.
그래서 나도 모르게 귀엽다 생각하게 됩니다.

신입 사원들도 마찬가지.
회사에 처음 들어가면 업무 파악에 서툴러서
자기도 모르게 자존심 따위는 안중에 없게 됩니다.
신부가 처음 결혼해서 시댁에 인사 갔을 때도 그렇지요.
자존심보다 겸손함과 감사함이 넘쳐날 때를 생각해보면 모두
'처음'일 때입니다.

영화 〈중경삼림〉의 감독 왕가위는 이렇게 말했습니다.

"영화가 취미였을 때의 그 열정, 그 설렘, 그 조바심, 그 상상력,

그 도전의 추억, 그걸 절대 잊지 않으려고 한다.
그것이 곧 내가 영화를 만드는 비결이다."

자존심의 적정선, 그것은 첫 마음이 아닐까 생각합니다.

첫 마음으로 사람을 대하고
첫 마음으로 일을 대하고
첫 마음으로 세상을 대하는 것.
그것이 무거운 자존심의 갑옷을 벗는 방법입니다.

죽을 때
가지고 갈 기억을 준비해야 합니다

영화 〈봄날은 간다〉에서 여자 주인공 은수가
남자 주인공 상우에게 이렇게 묻습니다.

"죽을 때 기억 하나만 가져가라고 하면 뭐 가져갈 거야?"

그 질문을 나에게 한다면 나는 뭐라고 대답하게 될까요?

비 오는 날 창밖을 보는 순간을 꼽아봅니다.
글을 쓰다가 비가 주룩주룩 내리는 창밖을 보는 일,
그 무엇과도 바꾸고 싶지 않은 행복한 시간입니다.

나에게 비 내리는 날은 우중충한 날이 아닙니다.
우울한 날도 아닙니다. 비 내리는 날은 안온한 휴식의 날입니다.
따뜻한 위로의 날이고 화사한 사랑의 날입니다.
나에게 비 오는 날은, 날씨가 궂은 날이 아닙니다.
날씨가 아주 좋은 날입니다.

비가 시작되기도 전,
세상은 자욱한 비 냄새로 먼저 예고를 해줍니다.
그러면 내 마음이 술렁거리기 시작합니다.

잠시 후면 여지없이 빗방울이 후두둑 떨어집니다.
지붕에 내리는 빗소리, 거리에 쏟아지는 빗소리는
영어로 레인레인레인, 속삭이는 것 같습니다.
비 내리는 풍경은 우리 글로 비비비, 거리에 쓰이는 것 같고,
우산 쓰고 걸어가는 사람들 모습은
한자로 雨雨雨, 처럼 보입니다.

창밖에 빗물 떨어지는 소리를 들으면 옛날 생각이 나면서
손으로 일기를 써보고 싶어집니다.
우산을 들고 골목을 걸으면
가슴이 찻잔처럼 따뜻한 남자와 연애하고 싶어집니다.
창 넓은 카페에 앉아서 비 오는 거리를 보는 것도 좋고,
친구에게 전화를 걸어 비가 오니 네 생각이 더 난다고
고백하는 것도 좋습니다.
사랑하는 사람과 우산 하나를 함께 쓰고 걸어가면
우산 속이 이 세상 전부처럼 느껴지면서
우주 안에 단 두 사람만 있는 것 같은 느낌이 듭니다.

비가 오는 거리를 손가락으로 만든 사각 틀로 본 적이 있습니다.
푸른색 바탕에 역시 푸른색 물방울이 떨어지는 듯한 거리.

그 풍경을 바라보다 보면 가슴 한구석이 아리는 이유.
그것은 지나간 시간에 대한 후회일까요,
이루지 못한 사랑에 대한 회한일까요?

비는 그렇게, 옛날 속으로 우리를 데려가
그날의 노래를, 그날의 목소리를, 그날의 눈빛을,
그날의 꿈을 만나게 해줍니다.

비 오는 밤, 창문을 열어놓고
나뭇가지에 비 내리는 모습을 바라본 적 있는지.
비 오는 날이면 유난히 그리워집니다.
나와 눈빛을 나눌 사람,
말없이 앉아 있어도 꽉 차오르는 영혼을
함께 느껴줄 수 있는 사람이…….

독일인들은, 가장 아름다운 단어로
'그리움'이라는 뜻의 'Sehnsucht'를 꼽는다고 합니다.
마음에 그리는 그림, 그리움…….
비 오는 날에는 그리움이 더 깊어집니다.
비 오는 처마 아래 화덕 앞에 앉아 어머니가 구워주시는

도너츠가 다 익기를 기다리던 어릴 적 내가,
곁에서 아련함을 담아 빗줄기를 보던 어머니가 그리워집니다.

죽을 때 가지고 갈 기억 하나, 당신에게는 어떤 시간인가요?

만일 그 기억이 없다면, 지금부터 마련해보는 것은 어떨까요?
마지막 순간에 행복하게 미소 짓기 위해서 꼭 필요한 것은,
사소하지만 말랑말랑하고 따뜻한 기억일 것입니다.

웃으면
행운의 여신이 미소를 지어요

습관은 운명을 결정짓습니다.
습관 중에서도 몸의 습관이 있고, 마음의 습관이 있는데,
마음의 습관 중에 가장 중요한 것은
'긍정적으로 생각하기'가 아닐까요?

이시형 박사의 글
〈세상은 보는 대로 존재한다〉에 이런 말이 나옵니다.

"반 컵의 물은 반이 빈 듯 보이기도 하고 반이 찬 듯 보인다.
비었다고 울든지, 찼다고 웃든지, 그건 자신의 자유요 책임이다."

어떤 일이든 긍정적으로 생각하는 사람이 있는가 하면,
모든 것을 비관적으로 생각하는 사람도 있습니다.
긍정적으로 생각하는 사람은 실패에 크게 낙심하지 않습니다.
오히려 또 한 번 도전하는 기회로 삼습니다.
긍정의 힘으로 무슨 일이든 시련을 이겨낼 수 있는 사람입니다.

그러나 비관적이고 부정적으로 생각하는 사람은,
아주 작은 실패에도 크게 절망합니다.
그래서 늘 표정이 어둡고 다른 이의 한마디에 크게 상처받습니다.

지나가는 말로 한마디 한 것에 절망하여 울고,
남들이 다 자신을 싫어한다는 생각에 빠집니다.
비관적인 사람은 지금 당장은 잘해낼지 몰라도 결국 힘에 부칩니다.
인생은 마라톤입니다.
즐겁게 사는 긍정적인 사람에게
월계관이 씌워진다는 사실을 기억해야 합니다.

우리 마음에는 전파 수신기가 있습니다.
이 전파 수신기는 좋은 마음으로 채널을 돌릴 수도
안 좋은 쪽으로 채널을 돌릴 수도 있습니다.
비가 내린다고 '구질구질하다'는 전파를 수신해버리면
그날은 구질구질해집니다.
그러나 '분위기 있는 날'이라는 전파를 수신하면
그날은 무드 있는 날이 됩니다.

"올 한 해가 벌써 반이나 지나버렸어"라고 하면
세월이 야속하다고 느끼게 됩니다.
그러나 "올 한 해가 절반이나 남았다"고 생각하면
시간은 고마운 존재가 됩니다.

세상은 내가 느끼는 것만 보이고, 보이는 것만 존재한다고 하지요.
우리는 과연 어떤 쪽으로 채널을 돌리고 있을까요?
왜 내 앞에는 문이 막혀 있는 거냐고 한탄만 하는 것은 아닐까요?

시원하게 뚫린 창공은 바라보지 않고,
하늘이, 별이, 저녁노을이, 아침햇살이
찬란히 열려 있는데도 그냥 지나쳐버리고,
슬픈 눈으로 막혀 있는 벽만 바라보고 있는 건 아닐까요?

"인간은 변하지 않습니다. 아무리 노력해도 5퍼센트예요.
그렇지만 5퍼센트만 달라져도 살기가 한결 수월하죠."

김형경 소설 《사랑을 선택하는 특별한 기준》에 적힌 말입니다.

인간은 아무리 노력해도 5퍼센트밖에 달라질 수 없는 존재라면,
금세 변하지 않는다는 이유로 조급해할 필요도 없습니다.
어쩌면 오늘의 나는 어제의 나보다
0.05퍼센트 더 긍정적인 사람으로 변한 건지도 모르니까요.
0.05퍼센트 더 행복한 사람으로 변한 건지도 모르니까요.

어떤 쪽으로 마음의 채널을 돌리고 계신가요?

그에 따라 휘파람을 불 수도 있고, 한숨을 쉴 수도 있습니다.

마음에 긍정적이고 낙천적인 채널을 선물하세요.

내가 미소 지으면 다른 사람이 미소 짓고,

내가 웃으면 세상도 웃어줍니다.

내가 웃으면 행운의 여신이 미소로 답신을 보내옵니다.

행운은 내가 만듭니다.

긍정은 힘이 셉니다.

내가 미소 지으면 다른 사람이 미소 짓고,
내가 웃으면 세상도 웃어줍니다.
내가 웃으면 행운의 여신이
미소로 답신을 보내옵니다.
행운은 내가 만듭니다.
긍정은 힘이 셉니다.

가장 강한 쇠는
가장 뜨거운 불에서 만들어집니다

앤디 앤드루스의 장편소설 《폰더 씨의 위대한 하루》 중에
이런 구절이 있습니다.

"가장 강한 쇠는 가장 뜨거운 불에서 만들어집니다.
가장 밝은 별은 가장 깊은 어둠에서 빛을 내뿜는 것입니다."

잘나가던 폰더 씨는 어느 날 갑자기 실직을 당합니다.
집세는 밀려 있고, 딸은 급한 수술을 받아야 하는데
통장은 텅 비어버렸습니다.
한 치 앞도 안 보이는 막막한 상황에서 폰더 씨는
차를 몰고 고속도로를 달려가다가 교통사고를 당하는데요.
그 순간 그는 환상 여행을 떠나게 됩니다.

폰더 씨는 《안네 프랑크의 일기》의 안네를 만납니다.
안네는 불평하는 그에게 이렇게 말합니다.

"우리의 인생은 선택에 의해 만들어지는 거예요.
[……]
저는 이 모든 것에 대하여 감사함을 느끼기로 선택했어요.
저는 불평하지 않을 것을 선택했어요."

자신의 처지와 현실을 불평하는 쪽을 택하지 않고,
감사하며 부지런히 살아가는 사람들.
그런 사람들은 그 어떤 명작보다, 그 어떤 자연보다
더 뭉클한 감동을 우리에게 줍니다.

그래서 나는 자신의 한계를 뛰어넘어
그 직업에 종사하는 사람의 이야기에 마음을 빼앗기곤 합니다.
평발의 핸디캡을 넘어서서 최고의 축구 선수가 된
박지성 선수를 좋아하는 것도 같은 맥락입니다.

어느 날 도서관에서 강연을 하는데
강연을 시작하기 바로 직전,
앞문이 열리더니 휠체어를 탄 여학생이 들어섰습니다.
어머니인 듯 보이는 분이 밀고 있는 휠체어에 탄 여학생은
팔다리가 모두 뒤틀리고 고개마저 제대로 가누지 못했습니다.
'강의가 어렵거나 지루하면 어쩌나' 걱정했지만
강연 내내 그 여학생은 눈빛을 반짝이며 듣다가
농담을 할 때에는 온몸으로 웃기도 했습니다.
그 옆에서 어머니는 그 여학생에게 보충 설명을 해주기도 하고
손수건으로 얼굴을 닦아주기도 했습니다.

강연을 마치고 책 사인회를 여는데 그 여학생이
줄을 서서 기다리다가 다가왔습니다.
여학생은 어떤 말을 내게 전하기 위해 안간힘을 썼습니다.
그 말을 알아들을 수 없어 안타까웠는데
여학생의 어머니가 전해주었습니다.

"제 딸이 이제 중학교 2학년인데요.
선생님 같은 작가가 되고 싶다고 하네요."

나도 모르게 "아!" 탄성이 튀어나왔습니다.
나는 펜을 내려놓고
그 여학생의 손을 두 손으로 꼬옥 쥐고 말했습니다.

"그 꿈 꼭 이룰 거야. 파이팅!"

그 여학생은 환하게 웃으며 사진을 같이 찍어달라고 했습니다.
여학생, 어머니와 함께 사진을 찍었습니다.
누가 "김치!" 그러지 않아도
세상에서 가장 밝은 표정을 지을 수 있었습니다.

물론 작가의 꿈을 이루는 데는 많은 장애가 있겠지요.
그러나 왠지 그 장애를 훌쩍 뛰어넘어 멋진 글을 쓸 것 같았습니다.
두 시간도 넘는 지루한 신화 강연을 반짝이는 눈빛으로
그토록 재밌게 듣는데 어떻게 꿈을 이루지 못할 수 있겠습니까.
어머니가 미는 휠체어를 타고 먼먼 길을 와 도서관 의자에 앉는데
어떻게 꿈을 이루지 못할 수 있겠습니까.

그녀는 해낼 겁니다.
언젠가는 세상을 놀라게 할 겁니다.
가장 강한 쇠는 가장 뜨거운 불에서 만들어지니까요.

» 지금 이 순간이
꽃봉오리죠

"시간이 있을 때 장미 봉오리를 거둬라,
이 감정의 라틴어 표현은 카르페디엠이다.
현재를 즐겨라. 시간이 있을 때 장미 봉오리를 거둬라.
시인은 왜 이런 말을 하지? 그건…… 인간은 반드시 죽기 때문이지.
언젠간 호흡이 멈추는 순간이 오기 때문이지."

N. H. 클라인바움의 장편소설 《죽은 시인의 사회》.
이 소설의 주인공인 존 키팅 선생님은
월트 휘트먼의 시를 학생들에게 낭송해줍니다.

"이 어디에 아름다움이 있단 말인가? 오 나여, 오 생명이여!
대답은 하나. 내가 여기에 존재한다는 것, 살아 있다는 것!"

그러면서 "카르페디엠!" "현재를 즐기라"고 말해줍니다.

우리는 사실 행복의 비법을 알고 있습니다.
현재를 즐기는 것이 그 방법임을 모르지 않습니다.
그런데도 행복을 느끼지 못합니다.

어린 시절, 아이스크림 하나면 백만장자가 안 부러웠습니다.

풍선 하나만 불어도 환하게 웃으며 즐거울 수 있었고,
어머니 등에 업혀 가면 여왕처럼 행복했습니다.

어른인 지금, 어린 시절보다 풍요롭게 살고 있습니다.
가진 것도 많아졌습니다.
그런데 왜 예전처럼 행복하지 않은 걸까요?
왜 늘 부족하고 불만에 차 있는 걸까요?

"햇살엔 세금이 안 붙어 참 다행이야!"

페퍼톤스의 노래
〈뉴 히피 제너레이션〉에서도 이렇게 좋아합니다.

내 머리 위로 새가 날아가는 하늘이 있고
내 발밑으로 풀이 자라나는 땅이 있고
지금 여기, 그 모든 걸 느낄 수 있는 나 자신이 있다는 것.
그것만으로도 충만해지는 순간.
존재 그 자체를 기뻐하는 마음에는 돈이 들지 않습니다.

사계절을 느끼는 것 이상의 마음 치유법은 없다고 하지요.

나를 걱정해주고 사랑해주는 마음은
영혼의 비타민입니다.

지금 이 순간이 장미 봉오리입니다.
이 순간이 지나면 장미는 시들지도 몰라요.

그러니
카르페디엠!

용서는
나를 위한 선물입니다

젊을 때 얻은 육체의 상처는 빨리 회복되지만
영혼에 난 상처는 오랜 시간이 걸려 치유됩니다.
나이 들어서는 육체의 상처가 잘 낫지 않는 반면,
영혼의 상처는 빠르게 회복합니다.

나이가 들어서도
영혼의 상처를 붙들고, 회복시키지 못한다면
나이를 헛먹은 게 됩니다.
육체의 상처보다 영혼의 상처가 더 아픕니다.
그 아픔을 빨리 회복해내는 것은
나이 먹은 자의 특권이자 의무입니다.

진정한 성숙이란,
인생의 힘든 일을 해결해내는 능력이라고 생각해요.
살다 보면 힘든 일들이 몰려듭니다.
사람을 좋아하는 일이야 쉽지요.
사람을 미워하는 일은 더 쉽고요.
그런데 용서를 빌거나 용서를 하는 일, 참 어렵습니다.

용서를 하는 일보다 용서를 비는 일에 더 큰 용기가 필요합니다.

상대방의 굳게 닫힌 마음 문을 두드리는 일이기 때문입니다.

그 차갑게 얼어붙은 문에
내 마음이 또 한 번 베일지도 모르는데,
그 날카롭게 날이 선 가시 문에
내 마음이 또 한 번 찔릴지도 모르는데,
그래서 상처 입고 눈물을 흘리게 될지도 모르는데,
그럼에도 불구하고 그 사람 마음 문을 두드려봅니다.

용서를 비는 일은 그 사람을 위한 일이 아닙니다.
나를 위한 일입니다.
그 사람 마음이 더 굳게 잠겨버린다고 해도
내 마음이 가벼워지는 일입니다.
만 분의 일밖에 안 되는 확률이라고 해도
혹시 그 두꺼운 문이 열려 그 사람이
뚜벅뚜벅 나에게로 걸어와줄지도 모르니까요.

살다 보면, 뜻하지 않게 상처를 주기도 합니다.
돌이킬 수 없는 실수를 하기도 합니다.
사랑하는 사람과 헤어져 가슴 아픈 시간을 보내곤 합니다.

벤자민 프랭클린은 이런 말을 했지요.

"받은 은혜는 대리석에 새기고 증오는 모래에 새겨라."

고마움은 깊이 새기고
증오나 배신감 따위는
지우개로 깨끗이 지워버리고 싶습니다.
용서해주세요, 라고 말하고
참 좋은 인연을 이어가고 싶습니다.

» 밝은 쪽으로
한 발짝 내딛는 힘

우리 마음 안에는 선과 악, 두 가지가 다 존재하죠.
미술가 로렌조 퀸은
자신의 작품 〈나의 발〉의 설명문에 이렇게 썼습니다.

"우리 안에는
태양과 달, 물과 불, 하얀 것과 검은 것,
육체와 영혼, 사랑과 증오, 극과 극이 존재한다."

하나로 보이는 모든 것이
사실은 두 개의 그림자를 갖고 있다는 사실,
그것을 알아가는 것이 어른이 되어가는 과정은 아닐까요?

우리 마음에도 두 갈래의 길이 나 있습니다.

걸어가기 쉽지만 어두운 쪽으로 가는 길.
걸어가기 어렵지만 밝은 쪽으로 가는 길.

어두운 소식을 접할 때마다
우리가 가진 두 가지 본성에 대해 생각합니다.

극과 극의 양단에서
밝은 쪽으로 발을 내딛게 하는 요소,
사랑입니다.

길을 잘 잃어버리는 인생의 길치인 나,
그런 나를 똑바로 걷게 하는 것은
당신의 응원 소리입니다.
당신 목소리를 따라 걸으니 길을 잃지 않았습니다.

대신 울어주는 사람이
진정한 친구입니다

영화 〈포레스트 검프〉에는 이런 장면이 나옵니다.
포레스트가 베트남 전쟁에 참전했을 때입니다.
비가 많이 내리던 밤, 친구와 서로 등을 기대고 앉아 말합니다.

"네가 나한테 기대고 내가 너한테 기대면,
진흙탕에 머리를 처박고 잠을 잘 일은 없을 거야."

친구의 의미를 이렇게 잘 표현한 대사도 없지 않나 싶습니다.
힘들 때마다 기댈 수 있는 친구가 있다면
인생의 진흙탕에 머리를 처박고 잠을 잘 일은 없겠지요.

아이를 키우면서 항상 강조한 말이 있습니다.

"좋은 친구를 두어라, 그리고 네가 먼저 좋은 친구가 되어주어라."

아이가 삶의 비단길만 걸어가면 좋겠지만,
우리 아이라고 삶의 어느 부분에서든
진흙탕을 밟지 않고 걸어갈 수가 있을까요?
인생의 진흙탕 속을 헤매는 순간이 오더라도
거기 처박히지 않기 위해서는 친구가 필요합니다.

나는 아이가 어릴 때부터 말해주곤 했습니다.
항상 긍정적인 친구를 곁에 두라고.
늘 좋은 쪽으로 생각하고 늘 잘되는 쪽으로 생각하는 친구,
밝은 쪽을 바라보는 친구가 좋은 친구라고.
그리고 너도 그런 친구가 되어주라고.

좋은 친구가 될 수 있는 비결은 두 가지로 요약할 수 있습니다.

— 겸손하라!
— 즐겁게 살라!

항상 겸손하고 늘 즐거운 마음으로 살게 하는 것이
아이에게 좋은 친구를 만들어주는 비결입니다.

아리스토텔레스는
"친구는 두 개의 육체에 깃든 하나의 영혼"이라고 했지요.
우리는 영원히 아이 곁에 있어줄 수 없는 존재입니다.
언젠가 우리가 먼저 아이들 곁을 떠나게 됩니다.
그때 아이의 곁에 있어줄 친구를 만들어주는 일,
부모가 남겨줄 수 있는 가장 큰 재산입니다.

인디언 말에서 '친구'는
'나의 슬픔을 자신의 등에 짊어지고 가는 자'
라는 뜻을 지녔습니다.

나를 위해 뜨거운 눈물을 흘려줄 친구.
나의 슬픔을 자기 등에 기꺼이 옮겨 짊어매는 친구.
그런 친구가 있나요?
그런 친구가 되어주고 있나요?

그냥 흘러가는
마음이 필요합니다

플라톤이 그랬지요. "인생이란 짧은 기간의 망명"이라고.
이 말의 의미를 우리는 너무 늦게야 깨닫습니다.

팔을 인생에 비유한다면
어깨 끝부터 팔꿈치까지가 10대,
팔꿈치부터 손목까지 20대,
팔목부터 손바닥 끝 부분까지가 30대,
손가락 마디가 40대와 50대,
손톱 부분이 60대,
손톱의 하얀 반달 부분이 70대라고 해요.
시간은 일정한 속도로 흐르지만
우리가 느끼는 세월은 점점 빨라지고 점점 짧아지네요.

세월이 저만치 달아나는 것을 느낄 때
내 삶이 망명지에 유배된 느낌에 빠져듭니다.
서 있는 곳이 낯선 타국 땅처럼 느껴지고
나는 어디에 서 있는가, 망연해집니다.

그럴 때는 강에 나가보길 권합니다.
작은 그리움 하나 띄워보는 강.

생각만 해도 동화처럼 낭만적입니다.
그렇게 강은 우리 마음을 아이 마음으로 만들어줍니다.

그런가 하면 강은 언제나 혼자가 아니죠.
강은 하늘의 얼굴을 담고 있습니다.
하늘에 석양이 지면
강의 얼굴은 수줍음으로 붉게 물듭니다.
하늘이 맑게 개면
강의 얼굴도 푸르러집니다.

강은 무엇을 띄우냐에 따라 얼굴을 달리합니다.
종이배를 띄우면
그 강은 그리움의 강이 됩니다.
풀잎을 따서 띄우면
그 강은 이미 마음에 흐르는 강입니다.

강은 바라보는 마음에 따라 변화합니다.
슬플 때 바라보는 강은
강물의 살결들이 아프게 부비는 것처럼 보입니다.
그런가 하면 마음이 맑을 때는

강물도 마음을 따라서 맑게 흐릅니다.

우리 마음을 담아 흐르는 강.
언제나 한 번도 쉼 없이 흐르는 강.
언제나 소리 내지 않고 조용히 흐르는 강.
강은 철학자처럼 우리에게 질문을 던집니다.
그만하면 되지 않았느냐고.
그냥 흐르면 되지 않느냐고.

잭 케루악의 장편소설 《길 위에서》의 주인공 딘은 말하지요.

"그냥 살아가는 거지 뭐. 인생을 음미하면서."

강이 흐르듯, 우리도 그냥 살아가면 됩니다.
순간순간을 음미하면서.
강을 닮고 싶습니다.
강처럼 소리 내지 않고 조용하게
그러나 끊임없이 흐르고 싶어집니다.
강처럼 사람들에게 스며들어
강처럼 평화롭게 인연을 맺어가고 싶습니다.

» 다른 이를
행복하게 만들어주는 일

영화 〈오아시스〉에서 공주가 종두에게 이런 말을 합니다.

"난 일하는 사람들이 제일 부러워."

영화 〈아이 앰 샘〉에서 주인공 샘은 이렇게 말하지요.

"나는 커피를 잘 날라요."

할 일이 있다는 것, 내가 할 수 있는 일이 있다는 것,
그것만으로도 얼마나 축복인가요?
내가 하는 일이
다른 사람들을 행복하게 만든다면 더 좋겠지요.

"사람을 미워하는 마음을 갖고 있다면
초밥은 마음이 아니라 손끝에서 만들어진다.
증오스런 마음에서는 새로운 사랑을 볼 수 없고,
자기 자신까지 미워하게 되는 법.
다시 한 번 되새겨보거라.
네가 만드는 초밥은
사람을 행복하게 만드는 것이 아니었더냐?"

만화 《미스터 초밥왕》에 나오는 대사입니다.

우리가 하는 일의 목표……. 무엇일까요?

사람을 행복하게 만드는 것.
그것이 모든 일의 최종 목표가 되어야 한다는
생각을 해봅니다.

우리가 하는 일의 과정은 초밥처럼 다양한 맛을 냅니다.
단맛, 매운맛, 신맛, 쓴맛, 짠맛, 감칠맛…….
이 모든 맛이 담겨 있는 초밥…….
그것이 바로 우리가 하는 일에서 만날 수 있는 맛이겠지요.
아무리 노력해도 단맛을 만들어주지 못하고
신맛을 선사할 수도 있고,
아무리 애를 써도 감칠맛보다
쓴맛을 선물할 수도 있는 것이 우리가 하는 일일 겁니다.

그러나 늘 잊지 않고 지녀야 할 것은
내가 하는 일이 '사람들을 행복하게 해줄 거라는 믿음.'
그것이겠지요.

글 쓰는 직업을 가진 나도 마찬가지입니다.
자주 생각합니다.
내 글이 과연 몇 사람의 마음을 두드리고 있을까?
메마른 가슴에 물기를 주고 있을까?
아픈 가슴에 위로를 전하고 있을까?

독자나 관객이 한 번 울게 만들기 위해서
작가는 열 번 울며 써야 합니다.
독자나 관객이 한 번 웃게 만들려면
작가는 백 번 웃으며 써야 합니다.
그러기 위해서는 더 많이 느끼고
더 많이 체험하고 더 많이 애를 써야 합니다.

사람의 마음을 두드리는 일, 그 마음에 감동을 심는 일,
그래서 사람을 이롭게 하는 일을 나는 언제쯤 해낼 수 있을까요?

» 남의 아픔을
내 아픔처럼

어머니가 딸의 마지막을 지켜보며
자신의 인생을 고백하는 책이 있습니다.
칠레의 인기 작가 이사벨 아옌데가
식물인간이 된 딸을 간호하는 동안
딸에게 들려준 이야기 모음집《파울라》.
파울라는 식물인간이 된 그녀의 딸 이름입니다.

어느 날 작가의 딸이 마른 장작처럼 쓰러집니다.
식물인간이 되어버린 딸이 훌훌 털고 일어나기를 기원하면서,
작가는 딸에게 자신의 인생 이야기를 들려줍니다.

"지금 내 영혼은 모래가 가득 차올라 숨이 막힐 것 같아. 하지만
너에게 인생을 얘기하면서 내 인생도 만들어져가는 것 같아."

딸이 깨어나면 혹시 기억을 잃을까 봐서,
하나라도 더 알려줄 말은 없는지
안타깝게 전하는 어머니의 인생.
죄 많고 한 많은 인생을 딸에게 고백하며
어머니의 영혼은 딸로 인해 소생합니다.
딸에게 전하는 그녀의 인생은 향기가 나는 인생이 아니었습니다.

삶에서 자꾸만 도망치려는 비겁하고 초라한 인생이었지요.
그러나 과연 누가 그녀에게 손가락질할 수 있을까요?
아무리 노력해도 빠져나올 수 없는 덫이 인생에는 있습니다.
그 덫을 피할 수 없었던 어머니를, 딸은 이해할 수 있었을 겁니다.
사랑한다고 수없이 말하는
어머니의 목소리를 들으며 편안히 세상을 떠날 수 있었을 겁니다.

누구나 아픔을 가지고 살아갑니다.
누구나 영혼의 어딘가에 깊은 터널을 가지고 있습니다.
누구나 짊어진 무거운 짐이 있습니다.
그러니 우리는 서로에게 이런 말을 전할 수 있겠지요.

"당신의 아픔을 이해합니다."

저녁이 되면 노는 아이를 불러들이는 어머니처럼,
인생의 저녁을 맞게 된 이들을 위로해줄 수 있다면
참 좋을 것 같습니다.

삶에서 풀리지 않는 문제 하나쯤은 가슴에 품고 살아도 된다고,
풀리지 않으면 풀리지 않는 대로 끌어안고

같이 걸어가는 수밖에 없다고,
나 또한 그러하다고…….

사랑하는 사람의 눈동자를 들여다보면서
순간이나마 영원을 맛볼 수 있다면
그 또한 기적입니다.

기적은 기적이라는 이름표를 붙이지 않고
조용히 스쳐가버립니다.

이 순간이 기적입니다.
기적을 꼭 붙잡으세요.

외로운 건 멋진 일이죠,
당신이 있으니까요

직업의 특성상 나는 혼자 있을 때가 많습니다.
혼자 글을 쓰고 혼자 식사하고 혼자 운동하고
혼자 영화를 보고 책을 읽고 음악을 듣습니다.
사람들은 묻습니다.
외롭지 않으냐고.

외로움은 어차피 우리의 숙명입니다.
혼자가 아니라고 해서 외롭지 않을까요?
많은 사람과 함께 있어도 외로운 건 마찬가지입니다.
그러니 외로움을 친구 삼아버릴 수밖에 없습니다.

조르주 무스타키의 노래 〈나의 고독〉에서처럼.

"이제 난 외톨이가 아니야.
왜냐하면 고독이 나와 함께 있으니까."

혼자 있는 외로움을 말하는 단어, 고독.
그런데 고독이 있기 때문에
외톨이가 아니라는 노랫말은 의미심장합니다.
고독을 친구 삼을 줄 아는 경지에 이르면

외로움도 더 이상 외로움이 아니게 됩니다.

어린아이는 고독할 틈이 없습니다.
뛰어놀고, 소리 지르고, 장난치고…….
하루 종일 외로울 시간이 없지요.

어른이 되면서 고독한 시간이 늘어납니다.
혼자 있는 시간도 점점 늘어나고,
타인들과 함께 있을 때에도 고독은 침범합니다.
그렇게 세월이 흐르다가 점점 고독을 즐기게 됩니다.
고독 속에서 자신을 들여다보고
고독 속에서 삶의 의미를 반추하게 됩니다.

고독 앞에서는, 내가 보내버린 사람들이 떠올라요.
고독 앞에서는, 내가 내버려뒀던 감정들이 떠올라요.
그래서 고독 앞에서는 겸손해지고,
고독 앞에서 미운 것이 없어집니다.
고독 앞에서는 다 고맙습니다.

그러므로 고독하다는 것은

사랑할 준비가 되어 있다는 뜻입니다.
당신이 그립다는 뜻이고,
당신을 맞이할 준비가 다 되었다는 뜻입니다.

고독은 누가 곁에 있다고 사라지는 것이 아니죠.
혼자 있어도 마음 가득한 충만감을 느끼는가 하면,
많은 사람들 속에서 텅 빈 혼자를 느끼기도 하니까요.

고독을 즐기는 단계까지 가게 되면
이미 사는 일에 내공이 쌓인 것입니다.

혼자 길을 나서보세요.
맘에 드는 CD를 사서 음악을 들어보세요.
혼자 서점에 가서 책을 고르고
카페 창가 자리에 앉아 그 책을 읽어보세요.
저녁 무렵의 공원에 나가보세요.
별이 뜬 밤이면 하늘을 바라보세요.
이른 새벽에 일어나 아침 일기를 써보세요.
세상에 나 혼자인 듯 고요한 시간에
새날을 맞은 내 마음을 적어나가는 거예요.

그러면 혼자 있어도 함께 있습니다.
만나지 않아도 함께 있습니다.
그리운 마음 하나로 함께 있습니다.

중요한 것은
속도가 아니라 방향입니다

나는 어릴 때 뭐든 느렸습니다.
성장도 느렸고, 행동도 굼떴고, 깨우치는 것도 느렸습니다.
일곱 살에 초등학교에 입학하는 바람에
대학 시절까지
늘 친구들보다 한 살 어린 나이였습니다.
그래서 남들이 뛰어갈 때 나는 걸어가는 기분이었고
친구들이 언제나 한 뼘 높아 보였습니다.
체육 시간이 되면 달리기는 언제나 꼴등.
그래서 운동회가 싫었습니다.
왜 뛰어야 하는지, 이해가 되지 않았습니다.
걸어가면 될 텐데…….

그렇지만 덕분에 잘하는 게 한 가지 있습니다.
느린 대신에 잘 멈추지는 않습니다.
천천히 가기 때문에 잘 지치지도 않습니다.
꿋꿋이 맡은 일을 쉬지 않고 하다 보니
어쨌거나 결승점을 돌고 오기는 합니다.
체력 덕이 아니라 성격 덕분입니다.

우리 6남매 중에 가장 행동이 느리고 발달이 더딘 나에게 부모님은 단 한 번도 느리다고 타박한 적이 없습니다.
빨리 달려가는 자식이 있는가 하면,
나처럼 느린 자식도 있다는 것을 인정했습니다.

3초면 먹을 수 있는 조그만 요구르트 한 병을
30분 동안 빨아 먹는 아이가 있습니다.
순식간에 휘갈겨 쓸 수 있는 이름 석 자를
보고 싶은 얼굴인 듯 천천히 그려나가는 아이도 있습니다.

느림이 고쳐야 할 문제 행동처럼 여겨지는 사회에
헨리 데이비드 소로의 말을 되새겨보게 되네요.

"그 사람으로 하여금
자신이 듣는 음악에 맞추어 걸어가도록 내버려두라.
그 북소리의 음률이 어떻든,
또 그 소리가 얼마나 먼 곳에서 들리든…….
그가 꼭 사과나무와 떡갈나무와 같은 속도로
성숙해야 한다는 법칙은 없다.
남과 보조를 맞추기 위해
자신의 봄을 여름으로 바꾸어야 한단 말인가?"

뛰어가는 사람을 부러워하며 쫓아가다 보면 무리하게 됩니다.
빠른 피로감을 느끼고 포기하게 됩니다.

외모만이 아니라 인생 속도에도 사람마다 생김새가 있어요.
보폭과 속도의 기준은 내가 판단해야 합니다.

조금 느리게 가는 길이 답답하게 느껴질 수도 있습니다.
그러나 중요한 것은 속도가 아닙니다.
방향입니다.

언젠가는 도착할 수 있겠지, 라는 희망조차 부질없습니다.
그냥 계속 걸어갈 뿐.
가다가 길을 잃으면 돌아 나와 다시 걸어갈 뿐.
멈추지만 않으면 됩니다.

문득 홍상수 감독이 제자에게 했다는 말이 생각나네요.

"개화가 늦는 사람이 있어.
빠르고 느린 건 중요한 게 아니야. 개화한다는 게 중요해."

페달을
밟고 있으면 됩니다

내 인생에서 가장 어려웠던 선택을 들라 하면
'선생님이냐, 작가냐'
이 두 갈래 길에서 한쪽을 택하는 일이었습니다.

결국 작가의 길을 선택했습니다.
교사직을 그만두고 작가의 길을 택했을 때
많은 사람들이 말렸습니다.
그 후 내 삶은 롤러코스터를 탄 듯 위태롭게 흘러가고 있습니다.
그러나 나는 단 한 번도 그 선택을 후회해본 적 없습니다.
다시 선택의 순간이 온다고 해도 아마 똑같은 선택을 할 것입니다.

작가로서의 길을 걸어가는 동안
애쓴 만큼 결과가 잘 안 나올 때는 힘이 빠지기도 합니다.
그때마다 소설가 강태식의 글 〈페달을 밟아라〉 중
간직해두었던 문장을 꺼내봅니다.

"졌지만 달렸잖아.
페달을 밟았기 때문에 루저가 된 거잖아.
화낼 것도, 부끄러울 것도 없다.
싸우지 않으면 루저도 될 수 없다."

페달을 밟고 있는 한, 나는 달리고 있고
달리고 있는 한, 내가 어느 지점에 있는가는 중요하지 않습니다.
앞에 있다고 우쭐할 필요도, 뒤에 있다고 주춤할 필요도 없습니다.
내가 낼 수 있는 속도를 내며 달리고 있으면, 그러면 됩니다.
어쨌거나 페달을 밟고 있으니까요. 달리고 있으니까요.

즐겁게 뇌세포를
가동하세요

나는 영화를 그냥 보지 않습니다.
'하나도 놓치지 않을 거야!' 다짐하며 봅니다.
극장에 가서도 메모를 합니다.
물론 깜깜한 데 앉아서 쓴 것이니
나와서 보면 메모는 엉망이 되어 있죠.
어떤 것은 글자가 겹쳐 쓰여 있고,
어떤 것은 도대체 뭘 썼는지 몰라볼 때도 있습니다.
그러나 메모를 보면 그 영화의 장면이 또렷해지며
그 대사를 다시 한 번 음미하게 됩니다.

저 음식을 나도 만들어보고 싶다, 주인공이 입은 옷이 맘에 든다,
저 거리를 나도 걷고 싶다……. 수없이 생각하며 봅니다.
저 거리에 저런 카페가 있구나, 저런 나무가 있구나,
음악은 저런 데서 저렇게 흘러주는구나,
저런 소리가 나니까 슬픔이 극대화되는구나,

시각과 청각과 촉각…….
모든 감각을 더듬이처럼 세워서 놓치지 않고 느끼려고 합니다.
내가 가진 감각들을 풀가동시키는 것입니다.

다른 사람들이 돈 아까워하면서 나오는 영화도
돈 아깝다는 생각이 안 드는 이유가 거기 있습니다.
내 뇌세포가 열심히 활동했어, 내 심장이 열심히 펌프질을 했어,
그러니 얼마나 고마운 영화인가, 뿌듯해하며 극장을 나섭니다.

뇌세포를 움직여야 창의력이 생깁니다.
그렇다면 왜 우리는 창의력을 가져야 하는 걸까요?

요즘은 외모가 아니라 특별함의 시대입니다.
단언하건대 외모의 유효기한은 10분이 채 안 됩니다.
어묵보다 통조림보다 유통기한이 짧은 게 바로 외모입니다.
사람의 매력은 99퍼센트의 평범함이 아니라
1퍼센트의 특별함으로 재활용됩니다.
그 특별함은 바로 창의력에서 오는 것이죠.
외모는 잠깐이고 콘텐츠는 영원합니다.

이제는 여자 남자 따지는 것도 구닥다리 발상이고
'얼짱' '얼꽝'도 문제가 아닙니다.
얼마나 많은 이야기를 가지고 있고,
얼마나 유쾌한 에너지를 뿜어낼 수 있는가,

그것이 중요한 시대입니다.
영화를 보고 나서 '나 그 영화 봤다' 그것뿐이면 아깝습니다.
"그 영화 어땠어?" 누군가 물었는데
"좋았어" 혹은 "별로였어" 이 두 가지 중 하나면 아쉽습니다.
내가 연출을 했다면, 시나리오를 썼다면, 연기를 했다면,
배우가 달랐다면, 시대가 달랐다면, 배경이 달랐다면…….
물음표를 찍어보면서 여러 가지 생각을 해보는 것은 어떨까요?

똑같은 돈과 시간을 들여서 영화 한 편을 보더라도
100을 얻는 사람도 있고 20도 얻지 못하는 사람도 있습니다.
내가 가진 감각 다 활용해서 느껴보는 습관이 필요합니다.

내가 가진 감각을 총동원하는 것은
한 시간 같은 1분, 1년 같은 하루를 사는 방법입니다.
더 많이 느낄수록 더 많이 사는 게 아닐까요?

영화를 보든, 책을 읽든, 음악을 듣든, 산책을 하든
내가 가진 감각을 총동원해보세요.
하나라도 더 느낌을 캐내기 위해
세상의 아름다움에 무감각해지지 말고 자신을 다 내주세요.

눈동자를 부지런히 돌리고 뇌세포를 활발히 움직이세요.

이 세상은 창의력 상자.

그 상자의 리본을 풀어 가슴에 안으세요.

» 아름다움의
순서를 정해두세요

일본 소설가 아사다 지로가
강연을 하기 위해 우리나라를 방문했습니다.
강연을 앞둔 그는, 탁자에 꽃이 없으니
준비해달라고 요구했습니다.

주최 측은 서둘러 꽃을 준비해서
탁자 위에 놓았습니다.
그제야 그는 강연을 시작했습니다.

그는 무엇인가를 살 때 그 순서를 이렇게 정한다고 했습니다.

1. 꽃
2. 책
3. 밥

먹는 것은 부족하다고 해도 꽃이 없으면 싫다는 것입니다.
책보다도 꽃이 우선입니다.

우리가 사는 일, 아름다움을 추구하는 과정이 아닐까요?
소설가는 더 아름답게 글을 써야 하고

건축가는 더 아름답게 집을 지어야 합니다.
아름다운 것을 최우선으로 삼는다는 생각,
그 마음이 아름다움을 창조해냅니다.

아사다 지로는 글을 쓸 때 딱 두 가지만 염두에 둔다고 합니다.

—쉽게 쓸 것.
—아름답게 쓸 것.

나도 다짐해봅니다.
쉽고 아름답게 쓰자고, 쉽고 아름답게 살아가자고.
무엇인가에 집착하며 버둥거리는 인생이 아니라
물 흐르듯 흘러가되 아름다운 곳을 디디며 그렇게 걸어가자고.

내가 사는 이유는,
당신을 기억하기 위해서입니다

요즘 기억에 대한 생각을 자주합니다.
사람이 가진 기억이라는 건 뭘까요?
기억은 어디에 저장되었다가 언제 꺼내지는 것일까요?
사람의 기억 용량은 어느 정도일까요?

시인 김재진은 〈눈발 퍼붓다〉라는 시에서
"누가 지우개 들고 내 인생 지우고 있다"고 했지요.
어느 순간 눈 내리듯 하얗게 우리의 기억이 덮여버리면,
그때는 어떻게 해야 할까요?

내 마음이 불을 끄고 깊은 잠에 빠지는 일, 망각.
문득 "당신을 기억하기 위해 살아간다"는 대사가 나왔던
영화 〈라스트 콘서트〉를 떠올립니다.
화면보다 먼저 흐르는 음악,
그 음악과 함께 펼쳐지는 로맨틱한 바다 풍경.
파도가 바위에 부서지고
한가로이 낚시하는 사람이 보이고
물새 한 마리가 긴 장대 위에 앉아서 먼 수평선을 보고……
그 바다 풍경 끝에 있는 병원으로 카메라는 빠르게 다가갑니다.

병원 대기실에 앉아 있는 40대의 피아니스트 리처드.
세상 모든 고민을 짊어진 듯 굳은 표정으로 앉아 있는 그에게
막 진찰실 문을 열고 튀어나온 스텔라가 다가옵니다.
"얼굴 좀 펴면 안 돼요? 꼭 구겨진 종이 같아"라고 말하는 스텔라.
그것이 그들의 첫 만남이었습니다.

의사는 리처드를 스텔라의 보호자로 착각하고 말합니다.

"따님은 길어야 석 달밖에 살지 못해요. 백혈병입니다."

뜻밖에 스텔라의 병을 알게 된 리처드는
종달새처럼 지저귀는 귀여운 그녀와 같은 버스를 타게 됩니다.
그리고 스텔라의 아버지를 찾는 여정에 동행하게 됩니다.

시한부 인생을 살지만 밝고 명랑한 스텔라.
손가락 부상으로 슬럼프에 빠진 피아니스트 리처드.
결국 리처드는 스텔라의 사랑에 힘입어 재기에 성공합니다.
드디어 리처드가 무대에 서는 날,
스텔라는 그가 준 하얀 드레스를 입고 객석에 앉아서
리처드가 자신을 위해 작곡한

〈스텔라에게 바치는 콘체르토〉를 들으며 죽어갑니다.
그리고 그들의 대사가 음악과 함께 흐릅니다.

"미안해요. 너무 짧은 시간이어서……."

스텔라가 말하자 리처드가 대답합니다.

"아니야. 영원한 시간이야.
[……]
내가 사는 이유는, 당신을 기억하기 위해서야."

스텔라가 세상을 떠나고 난 후에 리처드는 어떻게 지냈을까요?
그의 말대로 그는 그녀를 기억하기 위해, 그녀를 추억하며,
그녀와의 사랑을 간직하는 한 가지 목적으로 살아갔을 듯합니다.

나의 어머니 역시 아버지를 기억하기 위해 살아가십니다.
원래에도 욕심이 없었지만 점점 더 욕심이 없어져가는 어머니는
기억에 대한 욕심마저 버리려는 것일까요?
이승에서의 욕심은 단 한 자락도 안 남기고 다 버리려는 어머니.
이승에서의 기억을 아버지에 대한 것 말고는 다 비워내는 내 어머니.

멀리 계시는 어머니가 걱정될 때면 나는 스스로를 위로합니다.
어머니는 행복하리라. 아버지와의 시간을 가슴에 새겨두었으니,
아버지의 사랑만을 품고 있으니, 그러니 행복하실 것이다…….

누군가 존재했음을 기억함으로써 그 사람 인생의 증인이 되는 것.
알려지지 않은, 알려지지 않을 것들에 대해
서로가 서로의 인생 알리바이가 되어주는 것.
그럼으로써 서로가 서로의 삶을 완성시켜주는 것.
어쩌면 사람과 사람의 만남은, 그걸 위해서 있을 거예요.

» 다른 이의 꿈을
격려하는 마음이 필요합니다

작가협회 교육원에서 드라마 작법을 가르치는 동안
많은 제자들을 만납니다.
그들은 하나같이 불안해합니다.

"내가 할 수 있을까요?"

작가의 길이 녹록지 않은 험난함의 연속임을
나는 누구보다 잘 알고 있습니다.
나 역시 그 험난한 길을 비틀거리듯 걸어가고 있기 때문입니다.

그러나 막 시작하려고 발걸음을 뗀 그들에게
어렵다는 말을 선뜻 하지 못합니다.
내 한마디에 더 나아갈 수도 있고
무릎을 꺾고 주저앉을 수도 있기 때문에
한마디 한마디에 신중하려고 합니다.

무엇보다 그들의 앞날은 누구도 모릅니다.
가장 빛나는 시절을 만드는 것은 그들 자신이기 때문입니다.
그저 그들이 포기하지 않고 끝까지 해낼 수 있게
용기를 주고 위로를 건넬 뿐입니다.

"다른 사람의 꿈을 격려하는 것은 그 영혼을 돌보는 것이다."

작가 존 맥스웰의 말을 늘 되새기는 것도 그 때문입니다.

드라마 작법 수업에
한 번도 결석하지 않고 성실하게 출석하는 학생이 있습니다.

선희는 어머니가 미는 휠체어를 타고 온다고 합니다.
그런데 나는 단 한 번도 어머니가
휠체어를 미는 모습을 본 적이 없습니다.
누구보다 먼저 강의실에 들어와
언제나 앉는 자리에서
이미 나를 기다리고 있기 때문입니다.

선희의 표정은 언제나 밝습니다.
"힘들지 않아?"라고 물으면
"하나도 안 힘들어요. 재밌어요"라고 대답합니다.

선희가 꼭 작가가 됐으면 좋겠습니다.
그녀가 쓰는 따뜻한 드라마가 전국에 방송될 때

나는 울고 말 것입니다.
물론 나보다 더 뜨거운 눈물을 흘릴 사람은
매주 교육원에 딸을 데려오는 선희 엄마겠지만요.

나는 나의 스승들에게서 많은 것을 배웠습니다.
내가 벗 삼은 이들에게서 더 많은 것을 배웠습니다.
내 제자들에게서는 훨씬 더 많은 것을 배웠습니다.

작가가 되겠다는 뜨거운 일념으로 어렵게 길을 가는
나의 제자들에게서 첫 마음을 배웁니다.
한마디도 안 놓치려는 듯 내 말을 경청하는 제자들에게서
볼이 빨갛게 상기된 채
두근두근 설레던 나의 첫 마음을 만납니다.

고독 앞에서는,
내가 보내버린 사람들이 떠올라요.
고독 앞에서는,
내가 내버려뒀던 감정들이 떠올라요.
그래서 고독 앞에서는 겸손해지고,
고독 앞에서 미운 것이 없어집니다.
고독 앞에서는 다 고맙습니다.

일상을 발견하는
당신은 위대한 예술가입니다

세상이 온통 꽃향기로 어질어질한 계절에
그 남자를 만나러 갔습니다.
중요한 약속도, 으슬으슬한 몸살 기운도 개의치 않았습니다.
내 인생에 그 남자를 만날 기회를 언제 또 맞을 수 있겠습니까.
마치 첫사랑 연인을 만나러 가듯
내 두 발이 마치 새하얀 낮달처럼 둥둥 떠 있었습니다.

강연장 앞은 기성 작가와 예비 작가들로 가득 차 있었습니다.
설레는 마음으로 입장을 기다리고 있는
그들이 보게 될 남자는 바로 알랭 드 보통.
《왜 나는 너를 사랑하는가》라는 책으로 처음 그를 대했을 때
마음에 번개를 맞은 듯했습니다.
사랑에 대한 직관과 통찰력, 현란한 글솜씨에 감탄하는 동시에
그 소설을 젊은 철학자가 썼다니,
나이가 고작 스물세 살이라니……
그의 천재성에 강한 질투를 느껴야 했습니다.

알랭 드 보통이 빠른 걸음으로 성큼성큼 걸어와 연단에 섰습니다.
그리고 본론으로 바로 돌입했습니다.

"우리에게 예술은 왜 필요할까요?"

예술은, 그리 아름다울 것 없는 일상에서
아름다움을 발견하게 해준다고 했습니다.
그는 마네의 그림 중에서도
아스파라거스를 그려놓은 작품을 가장 좋아한다고 했습니다.
사소한 것에서 아름다움을 느끼게 해주기 때문입니다.

영화 〈아메리칸 뷰티〉의 한 장면이 생각났습니다.
시커먼 비닐봉지가 굴러다니는 장면.
정말 아무것도 아닌 비닐봉지 하나가
바람에 이리저리 날리는 장면에
샘 멘데스 감독은 음악을 입혔습니다.
그래서 그 하잘것없는 비닐봉지의 움직임은 춤이 되었습니다.

알랭 드 보통은 또 말했습니다.
우리 모두는 불안에 빠져 있다고.
우리가 불안한 이유는 한마디로 집약됩니다.

"사랑받고 싶기 때문에."

사회적으로 더 높은 지위에 올라가야 나를 사랑해줄 것이므로,
돈을 많이 가져야 나를 사랑해줄 것이므로,
영향력 있는 사람이 되어야 나를 사랑해줄 것이므로……
가족에게, 연인에게, 친구에게, 동료에게, 이웃에게
사랑, 그 한 가지를 얻기 위해 뛰고 노력하고
그것을 갖지 못하거나 사라질까 봐 불안해합니다.

그런데 사람의 마음은 바람이 새는 풍선과 같아서
늘 '사랑'이라는 헬륨을 집어 넣어줘야 안정감을 찾는다고 합니다.

지금 마음의 풍선에
불안의 처방약인 '사랑'이라는 헬륨,
어느 정도나 채워져 있나요?

예술은 그리 아름다울 것도 없는 일상에서
아름다움을 발견하게 해주는 것.
예술가는 그리 아름다울 것도 없는 일상에서
아름다움을 발견할 줄 아는 자.

그리 아름다울 것도 없는 사람에게서

아름다움을 발견하는 것이 사랑이라면,
그렇다면 당신은 위대한 예술가인 셈입니다.
사랑하니까요.

마음을 향해 다가가면
사람이 있습니다

오랫동안 살았던 동네를 떠나 처음 이 동네로 오던 날,
나는 정든 사람들과 작별 인사를 했습니다.

"이제 들어오세요?" "지금 나가세요?"

항상 웃음을 짓고 있어서
주름살조차 웃는 인상이 되어버린 아파트 수위 아저씨,

"그 집 아들 이제 그만 좀 크라고 해!"

꺽다리가 되어가는 아들의 간식을 책임졌던 포장마차 할머니,
주문을 따로 하지 않아도
알아서 내가 마시는 커피를 내주던 동네 커피숍 종업원……
동네를 떠날 때 가장 아쉬웠던 것은,
이제는 자주 볼 수 없게 되어버린 그들이었습니다.

오래된 아파트를 떠나 새로 지어진 아파트에 입주를 하고 보니
사람보다 기계를 만나는 일이 많아졌습니다.
수위 아저씨 대신 최첨단 보안 시스템을 만나게 되었고,
무엇인가가 고장 나면 달려와주던 수리공들 대신에

버튼 하나면 다 처리되는
새로운 기계들과 만나게 되었습니다.
편리했지만 뭔가 허전했습니다.
새로운 동네에 정을 붙이기 힘들었고,
사람들에게 먼저 다가가지 않았습니다.

어느 날이었습니다.
비가 오는 아파트 산책로를 걷고 있는데

"잠깐만요! 거기 서 계세요."

누군가 외치는 소리에 놀라 우뚝 멈춰 섰습니다.
맞은편에서 산책하던 아주머니가 얼른 달려와
내 발 바로 앞에서 무엇인가를 집어 들었습니다.
작고 어린 달팽이였습니다.

"이 녀석들이 비가 오면 자꾸 길로 나와서 밟혀 죽더라구요."

아주머니는, 하마터면 내 발에 밟힐 뻔한 어린 달팽이를 집어
풀밭에 내려놔주었습니다. 그 마음이 참 예뻐 인사를 건넸습니다.

"안녕하세요? 새로 이사 왔어요. 처음 뵙겠습니다."

아주머니의 얼굴이 환해졌습니다. 산책 동지가 생겼습니다.
참 좋은 사람을 만나니 내가 사는 동네가 좋아졌습니다.

어느 날인가는 동네 커피숍에서 모닝커피를 마시고
지갑을 두고 나온 적이 있습니다.
서울에 와서 온종일 일을 보고 저녁에 약속이 있었는데,
식사 값을 지불하려고 보니 지갑이 없었습니다.
"내 지갑!" 섬광처럼 커피숍이 떠올랐고, 차를 몰고 달려갔습니다.
한 시간 넘게 달리는 차 안에서 나는 이미 체념하고 있었습니다.
하루 종일 많은 사람들이 드나들 텐데 누가 가져갔겠지,
아직까지 그 자리에 있을 리 없지.
그래도 커피숍에 헐레벌떡 들어갔더니
종업원이 "이거 찾으세요?"라며
보관했던 지갑을 건네주었습니다.
참 좋은 사람이 사는 우리 동네가 더 좋아졌습니다.

내 차 앞에 주차되어 있던 차를 밀고 있으려니
지나가다 달려와 같이 밀어주는 여대생,

공터에 가지를 심었는데 잘 자랐다며 나눠주는 목욕탕 아주머니,
지나다니는 사람들 즐거우라고 골목에 화분을 내어놓은 아저씨,
학생들이 다칠까 봐 학교 앞 교통안전을 지도하는 할아버지,
벤치에 앉아 돋보기를 끼고 책을 읽는 할머니…….
좋은 이웃의 수가 하루하루 늘어납니다.
매일 기록 갱신 중입니다.

눈을 감고 벽을 쌓을 때는 만날 수 없었는데
마음 열고 먼저 다가서니 그들이 보였습니다.
오늘도 내가 먼저 인사합니다.

"안녕하세요? 날씨가 참 좋죠?"

상대방의 얼굴이 환해집니다.
그리고 참 좋은 이웃이 되어줍니다.

인도 출신의 영적(靈的) 스승인 스리 오로빈도가
폰디체리에 이상 도시 오로빌을 건설하고 난 후
오프닝 연설에서 말했지요.

"서로의 가슴을 향해 난 길,
그 길밖에는 이상적인 도시로 가는 길이
따로 있지 않습니다."

이상향을 꿈꾸며 먼 곳을 바라볼 필요가 있을까요?
마음 선한 사람들, 눈빛 맑은 사람들이 사는
우리 동네가 바로 그곳입니다.

» 바로
지금이에요!

현실은 팍팍하고 막막합니다.
그러나 과거는 언제나 그리움을 동반하며 아련해집니다.
그래서일까요, 우리는 "옛날이 참 좋았다"며 과거를 그리워합니다.
옛날을 동경합니다.

그렇게 가고 싶은 과거의 어느 지점으로
밤마다 여행을 떠난 남자가 있습니다.

우디 앨런이 연출한 영화 〈미드나잇 인 파리〉.
영화가 시작되면
익숙한 샹송이 흐르며 비 오는 파리의 풍경이 펼쳐집니다.
파리를 여행 중인 미국 소설가 길은
밤거리를 산책하다가 어떤 차에 오르게 됩니다.
그가 도착한 곳은 놀랍게도 과거의 1920년대 파리의 술집.
그곳에서 《위대한 개츠비》의 작가 피츠제럴드와
《노인과 바다》의 작가인 헤밍웨이를 만납니다.

그런데 1920년대 사람들은 그보다 이전 시대를 동경합니다.
길은 그들이 동경하는 18세기 말로 가서
그 시절에 살았던 고갱과 드가와 마티스를 만나지요.

그러나 그 시대에 사는 사람들은
더 옛날인 르네상스 시대로 돌아가고 싶어 합니다.

결국 영화는 이러한 메시지를 전해줍니다.

"지금이 바로 당신이 찾는 황금의 시대다."

누구나 시간이 빠르다고 한탄하며 지나간 시간을 그리워합니다.

"옛날이 좋았어."

우리는 저마다 향수병을 앓으며 살아갑니다.
어제의 태양을 다시 보고 싶어 하는…….
하지만 오늘의 태양은 어제의 태양일 수 없지요.
주어진 현재, 오늘의 태양, 지금 내 옆의 누군가가
가장 소중한 존재임을 잊지 말아요.
지금 이 순간도, 곧 바람과 함께 사라져버릴 테니까요.

우리는 현재를 걸어갑니다.
그러니 알 수도 없는 너무 먼 미래를 꿈꾸지 말고

돌이킬 수도 없는 지나간 과거를 그리워하지 말아요.

내가 찾는, 당신이 찾는, 우리가 찾는
그 황금시대……,
지금 이 순간입니다.

주어진 현재, 오늘의 태양,
지금 내 옆의 누군가가
가장 소중한 존재임을 잊지 말아요.
지금 이 순간도,
곧 바람과 함께 사라져버릴 테니까요.

먼 훗날 별빛,
그늘이 됩니다

사전 투표를 하러 가는 날이었습니다.
투표장 주차장에 내리려는데
웨딩드레스를 입은 신부와
예복 차림의 신랑이 차에서 내리고 있었습니다.
신랑 신부의 친구들로 보이는 사람들도 줄줄이 내려섰습니다.
"결혼식 날 투표를 하러 오시는 분들은 처음 봐요" 하며 웃자
신랑이 말했습니다.

"지금 미용실에서 식장으로 가는 길인데요,
이 사람이 자꾸 투표하고 가자고 하잖아요.
예식 시간도 다 되어가는데……."

신부가 말했습니다.

"결혼식도 중요하지만 투표를 하는 것도 중요하잖아요."

신랑이 신부의 손을 꼬옥 잡고 투표장으로 들어섰습니다.
그들 뒤로 신부의 머리를 해준 미용사 친구도,
신부의 부케를 받을 친구도, 신랑의 오랜 친구들도
함께 투표소에 들어섰습니다.

결혼식 날인데도 국민의 권리이자 의무를 놓치지 않는
젊은 부부가 참 예뻤습니다.
그들은 행복하게 살 결혼의 권리도, 백년해로의 의무도
잘 누리고 행할 것 같아 흐뭇한 미소가 절로 지어졌습니다.

투표하는 것이 뭐 그리 대단한 일이라고
웨딩드레스를 입고 가냐고,
유난스럽다고 할지도 모릅니다.
그러나 자신이 가진 권리와 의무를 성실히 수행하는 것은
훗날 분명 아름다운 무늬로 다음 세대에게 남겨질 것입니다.

오정희 소설 《새》에 이런 구절이 나옵니다.

"아주 먼 옛날의 별빛을 어제야 우리가 보는 것처럼
모든 있었던 것, 지나간 자취는
아주 훗날에라도 아름다운 결과 무늬로,
그것을 기다리는 사람에게 나타난다."

별빛은 아주 오래오래 걸려 이 지구에 도착한다고 하죠.
그러니까 우리가 지금 바라보는 별은 아주 오래전의 별입니다.

지금 우리는
먼 훗날 누군가가 마주하게 될 별을 그려가고 있는 중입니다.
먼 훗날 누군가가 쉬어가게 될 나무를 키워가고 있는 중입니다.
그 별의 빛이, 그 나무의 그늘이 어디까지 닿을지는 알 수 없어요.
어쩌면 위대함은,
특별할 것 없는 하루하루 속에 숨겨져 있는 게 아닐까요?

가끔 내가 하는 이 일이 언제 결실을 볼까, 막막해질 때가 있지요.
살아생전에 무슨 영광을 보겠다고 이 애를 쓰고 있나,
허무해질 때도 있습니다.

하지만 언젠가 내 육신이 이 지구상에 존재하지 않는다고 해도,
내가 살아가던 때의 그 마음은 여기 존재하기 때문에
우리가 사는 일은 가치가 있는 일입니다.

» 어깨 위에
삶의 흔적이 새겨집니다

전문적으로 안마를 하거나 마사지를 하는 분들은
사람의 어깨를 보고 단번에 직업을 알아맞힌다고 하지요.

"피아니스트죠?"
"운동선수십니까?"
"작가세요?"
"선생님이시죠?"

어깨는 직업만이 아니라 감정을 드러내주기도 합니다.
슬픔에 빠지면 눈보다 먼저 어깨가 울고,
고난에 처하면 마음보다 먼저 어깨가 처집니다.
힘든 일이 있으면 어깨가 먼저 기울고,
좋은 일이 있으면 어깨가 올라갑니다.
기쁜 일이 있으면 입보다 먼저 어깨가 웃고,
신나는 일이 있으면 어깨가 먼저 춤을 춥니다.
사람의 어깨를 보면
그 사람이 지금 어떤 상황인가, 짐작되기도 합니다.

영화 〈튜브〉에 이런 독백이 나옵니다.

"누구든 그 사람 어깨를 보면
그 사람의 직업이 보이고 생각이 보이고 삶이 보인다.
저 사람은 어깨가 너무 쓸쓸해 보인다."

단단한 어깨, 축 처진 어깨, 균형이 맞지 않은 어깨…….
그렇게 우리 삶의 흔적은 어깨 위에 고스란히 새겨집니다.

내 인생을 닮아가고 있는 어깨,
당신은 지금 어떤 어깨를 지니고 계신가요?
너무 쓸쓸한 어깨는 아닌가요?

어깨를 가능하면 높이 올려보세요.
삶의 일기장이 환해질 거예요.

웃고 먹고 자기,
가장 가치 있는 일입니다

테레사 수녀가 '사랑의 선교회'에서 일할 사람을 뽑는 기준,
딱 하나였다고 하지요.

대학을 갓 졸업한 여성이 테레사 수녀를 찾아왔습니다.
테레사 수녀는 그녀에게 단 하나의 질문을 던졌습니다.

"잘 웃고 잘 먹고 잘 자나요?"

"네."

그렇게 대답한 그녀를
테레사 수녀는 따뜻하게 안았습니다.

'잘 웃고 잘 먹고 잘 자는 사람'

테레사 수녀가 함께 일할 사람에게 바라는 유일한 조건이었습니다.

잘 웃는다는 것은
긍정적인 마인드를 가졌다는 것.
잘 먹는다는 것은

생의 의욕을 지녔다는 것.
잘 잔다는 것은
몸과 마음이 다 건강한 것.
그러니 더 바랄 것이 무엇이 있겠습니까.

너무 많은 스펙을 요구하는 사회,
너무 많은 스펙을 따려고 젊음을 몽땅 투자하는 청춘들…….
잘 가고 있는 것일까요?

진짜 필요한 게 무엇인지, 참 인간이 어떤 사람인지…….
그 본질을 잘 들여다봤으면 좋겠습니다.

» 친절의
힘은 세고 강합니다

한 번 갔던 가게를 다시 찾는 이유는
그 집의 친절함이 마음에 들어서인 경우가 많지요.
유능하지만 무뚝뚝한 의사보다
함께 걱정하는 친절한 의사를 더 찾게 됩니다.
영화 〈쉰들러 리스트〉에서처럼
친절한 마음 하나가 지구를 구하기도 합니다.

가게 매상을 100배나 더 올릴 수 있는 친절한 미소,
의사를 명의로 만드는 친절한 한마디,
지구를 구하는 친절한 배려…….

"사랑과 온유함과 관대함과 친절이,
모든 힘을 압도하는 최고의 힘이라고 믿는다."

알베르트 슈바이처의 저서 《열정을 기억하라》 중에 나온 말입니다.

목사와 대학 교수로, 그리고 파이프 오르간 연주가로 활약했다가
아프리카의 흑인들이 의사가 없어 고통당한다는 사실을 알고는
의학을 공부하고, 아프리카로 건너가 환자들을 치료한 슈바이처.
1952년, 노벨 평화상을 수상한 상금으로 나환자촌을 세워

평생 봉사를 실천하고 살아갔던 슈바이처가
1924년, 진눈깨비 내리는 일요일 오후에
어린 시절과 청소년 시절을 회상하며 짧은 회고록을 정리했죠.
그 자전적 에세이가 《열정을 기억하라》인데요,
그는 친절의 힘에 대해 이렇게 쓰고 있습니다.

"세상을 향해 내뿜는 한 사람의 친절은
다른 사람들의 마음과 생각에 작용한다.
친절을 진지하게 실천으로 옮기지 않는 것은
힘을 수백 배 늘려줄 수 있는 지렛대를 놔둔 채
커다란 짐을 옮기는 것과 같다."

그 어떤 지식이나 신념, 지능이나 재능보다 중요한 것은,
사람들을 사랑하는 마음이고,
사람들에게 친절히 대하는 마음이라고
슈바이처는 말합니다.

지금 내 마음은 타인에 대한 사랑을 어떤 무늬로 짜고 있을까요?
내 마음의 의자에 앉은 사람들에게 어떤 표정을 짓고 있을까요?

친절한 마음은, 주먹보다 세고 총보다 강합니다.
부드러움은, 이 세상을 소생시키는 에너지입니다.

상냥한 말은
따스한 촛불입니다

미국 독립선언문의 기초자,
토머스 제퍼슨은 이런 명언을 남겼습니다.

"전깃불이 나간 어두운 방 안에서 초가 있으면서도
초를 아끼며 켜지 않는다면 어떻게 될까?
마찬가지로 한두 마디의 상냥한 말이면
상대방의 마음을 밝게 해주고 유쾌한 분위기를 만들 수 있는데
그러지 않는다면 그것은 마치
초를 아끼기 위해 어둠 속에 있는 것과 같다."

우리가 늘 하는 말……. 그 말의 힘은 참 대단합니다.
한마디의 말이 날카로운 칼이 되기도 하고
한마디의 말이 솜처럼 따뜻하고 부드럽기도 합니다.
우리는 어떤 쪽을 택하고 있을까요?

가끔 자신이 독설가임을 자랑삼아 말하는 사람을 보게 됩니다.
독설이 필요할 때도 물론 있지요.
그런데 다른 말을 택할 수는 없는 상황이었는지
다시 한 번 점검이 필요합니다.

분명히 짚고 넘어가야 하는 문제도 물론 있습니다.
화를 낼 상황도 분명히 있습니다.
그런데 토머스 제퍼슨은 이렇게 조언하네요.

"화가 나거든
무엇인가를 말하거나 행하기 전에 열까지 세어라.
그래도 화가 풀리지 않는다면 백까지 세어라.
그래도 안 되거든 천까지 세어라."

우리가 하는 말,
꼭 아껴야 하는 말도 있고 절대 삼가야 할 말도 있습니다.
그리고 전혀 아낄 필요가 없는 말이 있습니다.
그중에 전혀 아끼지 않아도 되는 말,
칭찬과 고마움과 사랑의 언어들을 많이 전했으면 합니다.

내가 전하는 한마디 말,
날카로운 칼이 될 수도 있고 향기로운 꽃이 될 수도 있다는데
내가 뱉는 수많은 말은 과연 어떤 의미가 되고 있을까요?

가족 사이에도 해야 할 말과 해서는 안 되는 말이 있습니다.

어쩌면 해서는 안 되는 말들을 더 많이 하며 사는지도 모릅니다.

"넌 안 돼."
"당신이 하는 일이 다 그렇지."
"뭘 안다고 그래?"

습관처럼 불신의 말을 던지는 것은 아닐까요?
가족이라고 아무렇지도 않게 마음 아프게 하고,
아무렇지도 않게 기가 죽는 말을 던지고 있는 것은 아닐까요?
가족이야말로 가장 따뜻하게 감싸야 할 사람들입니다.

이제 이런 말을 습관처럼 사용해보는 건 어떨까요?

"잘될 거예요."
"믿음직스러워요."
"당신 곁에는 항상 제가 있을게요."
"어려울 때 말씀하세요."
"도울게요."
"이해하세요."
"속상해하지 말아요. 당신 마음 내가 알잖아요."

"고마워요."

사람과 사람 사이에서 정말로 필요한 것은,
소소한 것일지라도 차곡차곡 쌓아주는 적립카드가 아닐까요?
주고받는 짧은 말 한마디, 한마디가 모이고 모여서
나와 너를 우리로 만들어줍니다.

사람과 사람 사이에 정말로 필요한 것은,
소소한 것일지라도 차곡차곡 쌓아주는
적립카드가 아닐까요?
주고받는 짧은 말 한마디,
한마디가 모이고 모여서
나와 너를 우리로 만들어줍니다.

당신의 얼굴은
당신의 이야기입니다

전철을 타려고 계단을 급히 내려가는데
누군가 부르는 소리가 들렸습니다.

"저기요! 저기요!"

다른 사람을 부르는 소리인 줄 알았는데
계속 쫓아오면서 불렀습니다.

"잠깐만요! 잠깐만요!"

돌아보니 50대 아주머니가 헉헉거리며 쫓아오고 있었습니다.

"왜 그러시죠?"

경계하는 눈빛으로 물었더니, 천 원짜리 한 장을 내밀었습니다.

"이거 흘리셨어요."

지갑에서 교통카드를 꺼내다가 흘린 모양이었습니다.
그 천 원짜리 한 장을 주워 들고 쫓아와 전해주는 아주머니가 얼마나 고마웠는지요.

그 얼굴에 그 사람이 살아온 과정이 보였습니다.
법 없이도 살 얼굴이 어떤 얼굴인지 그대로 보여주는,
참 선한 얼굴이었습니다.
세상의 잣대로는 예쁜 얼굴이 아닐지도 모르지만
내 눈에는 천사처럼 예뻤습니다.

존 오도나휴의 《영혼의 동반자》를 읽다가 밑줄 그었습니다.

"그대의 얼굴은 그대 삶의 상징이다.
인간의 얼굴 속에서 삶은 세상을 바라보고
자신을 들여다본다.
얼굴은 삶이 그대에게 무엇을 해주었는가를 드러낸다."

스물아홉 개의 단단한 조직과
서른네 개의 섬세한 정신을 담은 상자,
상상과 직관, 사랑과 증오, 분노와 공포의 영혼을 담은 그릇,
미래에 대한 두려움과 오감을 담고 있는 상상력의 바다……
그것이 우리 얼굴입니다.

세계 50억 인구가 다 각각 서로 다른 모습을 지니고 있는 것.
삶의 굴곡과 고비, 절정과 나락을 스스로 기록해나가는 것.
그것이 우리 얼굴입니다.

시간이 켜켜이 쌓인 얼굴은,
스스로 의미를 말하기 시작합니다.
얼굴은 다만 눈 코 입의 조합이 아닙니다.
당신의 인생 스토리입니다.

그러니 내 얼굴에 내가 책임을 지기 위해서라도
좋은 생각을 하고, 좋은 일을 하고,
좋은 마음을 품고 살아야 합니다.

모두가
한몸임을 잊지 말아야 합니다

어느 대학교에서 일어난 일입니다.
아침, 연구실 복도. 평소 조용하기 그지없던 이곳에 난데없이
'다다닥' 무언가 쪼아대는 소리가 울려댔습니다.
무슨 소리인가 싶어서 학생들이 소리를 따라 살펴봤더니,
창틀 속에 작은 새 한 마리가 들어가 있었습니다.

저러다 날아가겠지 생각했던 연구실 학생들은
시간이 지날수록 다급해지는 창틀 쪼는 소리에
사태가 심상치 않음을 직감했습니다.

창틀의 구멍은 새가 혼자 빠져나오기엔 너무 작았습니다.
새는 안타깝게 창틀을 쪼아대며
살려달라는 구조 신호를 보내고 있었던 것입니다.
새를 구하기 위해서는 창틀에 구멍을 내야 했습니다.
행정실 직원이 온 학교를 뒤져 드릴 하나를 구해왔습니다.
그리고 작은 새 구출 작전이 시작됐습니다.

3층 창문에 매달려 창틀에 구멍을 뚫는 고난도 작전,
드르륵 드르륵…….
몇 분이 지나자 드디어 구멍이 뚫리기 시작했습니다.

그 구멍 사이로 문제의 새가 모습을 드러냈습니다.
박새였습니다.
전체 길이가 한 뼘 될까 말까 한 작은 새.
어찌나 퍼덕이고 부리로 쪼아댔는지
털이 듬성듬성 빠져 있었습니다.
조심히 들어 올려 하늘로 날려 보내자
새는 날개를 파닥거리며 시원하게 날아갔습니다.

그렇게 모두가 힘을 합해
3층 창틀에 매달려 작은 새 한 마리를 구출한 이야기를
인터넷에서 접하고 하루 종일 마음이 따뜻했습니다.

우리는 지구상의 다양한 생명들과 더불어 살아가는 존재입니다.
작은 새도 인간과 똑같은 생명이고,
곤충도, 풀 한 포기도 인간과 똑같은 생명입니다.

환경의 뜻은 '고리처럼 둘러싸고 있는 주위 여건'이라는 뜻입니다.
인간과 새, 풀 한 포기, 나무 한 그루…….
모든 것이 우리의 이웃입니다.

동학 사상에는 "밥 한 그릇이 만고의 진리"라는 말이 있지요.
밥이 만들어지기까지에는
왕거미, 메뚜기, 지렁이, 비바람, 햇빛, 노동 등
우주의 협동 작업이 필요합니다.
그렇게 나와 자연은 별개가 아닙니다.
모두 생명이고 서로 분리할 수 없는 한몸입니다.

그러니까 어린 박새를 살린 그 일은 바로,
나를 살린 '사랑'의 실천입니다.

"나는 나무에서 잎사귀 하나라도 의미 없이 뜯지 않는다.
한 포기의 들꽃도 꺾지 않는다.
벌레도 밟지 않도록 조심한다.
여름밤, 램프 밑에서 일할 때
많은 벌레가 날개가 타서 떨어지는 것을 보는 것보다는
차라리 창문을 닫고 무더운 공기를 호흡한다."

슈바이처의 말처럼, 인간의 이기심 때문에
작은 생명을 함부로 꺾고 죽이는 것은 아닌지 돌아봐야 합니다.

산책을 나가면 많은 생명들과 만납니다.
나무, 풀, 꽃, 새, 벌레…….
그들 모두는 소중한 생명입니다.
내 생명이 하나뿐이고 소중하듯
그들의 생명도 하나뿐이고 소중합니다.

장미를 내밀면
세상이 바뀝니다

러시아 국민가수 알라 푸가체바가 노래한
〈백만 송이 붉은 장미〉는
19세기 말에 실존했던 니코 피로스마니쉴라는 가난한 화가가
한 여배우를 사랑하다 떠나보낸, 슬픈 사연을 담은 노래입니다.

"백만 송이, 백만 송이, 백만 송이 붉은 장미를
창가에서, 창가에서, 창가에서 그대는 보고 있는지······.
사랑에 빠진, 사랑에 빠진, 진정으로 사랑에 빠진 한 사람이
그대를 위해 자신의 인생을 꽃과 바꿔버렸어."

그림을 팔아 겨우겨우 마련한 집 한 채와
자신의 유일한 생계 수단인 캔버스마저
장미를 사느라 팔아버린 가난한 화가······.
사랑하는 여인이 행복해하는 모습을 보기 위해
자신의 인생을 다 걸어버린 이 남자······.
사랑에 빠진 남자입니다.

얼빠진 바보라고 해도 그저 행복한 얼굴로
구름에 둥둥 떠서 살아가게 하는 힘.
사랑 말고 그 어떤 것도 없을 텐데요.

사랑하는 사람에게 매혹된 사람은
그 이상의 어떤 술도 찾지 못하죠.

사랑은 그렇게 뇌와 마음을 흠뻑 취하게 하는,
이 세상 최고의 도수를 자랑하는 술이요 묘약입니다.

그래서 프랑스 소설가 스탕달도 그런 말을 했습니다.

"사랑하는 순간부터는 아무리 현명한 사람이라도
무엇 하나 있는 그대로 보지 못한다."

"빵이 없으면 일을 못하고, 보드카가 없으면 춤을 못 춘다"는
러시아 속담이 있습니다.
이렇게 낭만을 중시하는 러시아 사람들은
장미가 없으면 사랑을 못한다는 생각을 갖고 있다고 해요.
그래서 그들은 당장 먹을 빵이 없어도
사랑하는 사람에게 줄 장미를 삽니다.

사랑하는 이가 좋아하는 것을 사기 위해
내 모든 재산을 바치는 것까지는 무모하다 하더라도

지갑을 열어 꽃다발을 사보는 건 어떨까요?

한 송이면 또 어떻습니까.
오늘 날씨가 좋아서,
오늘따라 당신 생각이 많이 나서,
당신에게 고마워서……

그 어떤 이유라도 핑계 삼아 장미 한 송이를 내밀어보세요.

모퉁이를 돌면
좋은 일을 만날 거예요

시몬 베유는 《중력과 은총》에서 이렇게 말했지요.

"고통스럽지 않기를, 덜 고통스럽기를 원치 말고
고통으로 인해 변하지 않기를 바라라."

누구나 고통을 겪으며 살아갑니다.
고통은 사람을 변하게 만듭니다.
고통을 겪고 나서
더 좋은 쪽으로 성숙해지는 사람이 있는가 하면
비인간적으로 변하는 사람도 있습니다.

나는 사람을 평가할 때
어떻게 살아왔나로 판단하지 않습니다.
실패나 고통을 겪고 나서 어떻게 했는가를 봅니다.

고통 속에서 더 성장하고
더 좋은 쪽으로 인생을 변화시킨 사람도 아주 많습니다.
오프라 윈프리도 그들 중 한 사람입니다.

전 세계 145개국에서 방영되었던 프로그램 〈오프라 윈프리 쇼〉는

1986년부터 시작해서 25년간 5천 회나 방송되었죠.
전 세계 7백만 명의 시청자를 울리고 감동시켰던 그 쇼를 진행한
오프라 윈프리는 복이 지지리도 없게 태어났습니다.
흑인 미혼모의 딸로 태어나 친척 집을 전전하며 자랐고,
가난과 인종차별에 시달려야 했습니다.
그 탓에 이렇다 할 학벌을 쌓을 기회도 없었습니다.

그런 오프라 윈프리가
스탠퍼드 대학교 졸업식 연설에서 이렇게 외쳤다고 합니다.

"이런 나도 해냈다. 당신도 할 수 있다.
눈물 닦고 일어나 공부를 하고 친구를 만나라!"

《생의 한가운데》로 유명한 독일 작가
루이제 린저도 이렇게 말했지요.

"동물은 고통을 겪을 뿐이지만, 인간은 고통을 승화시킬 줄 안다."

고통이 지나고 난 후, 거기 남아 있는 모습.
거기 더 깊어진 눈망울, 더 선해진 마음이 보이나요?

아니면 흔들리는 눈빛의, 선과 멀어진 내가 보이나요?

폭풍이 지나고 난 후 폐허가 된 곳을 복원시키는 것은
나 자신입니다.

우리, 고통이 나를 집어삼켜 네발짐승처럼 무릎 꿇려도
인간이기를 그만두지 말아요.
그 어떤 질병과 광기와 증오 속에서도
인간이기를 포기하지 말아요.

그리고 더 선해진 마음으로 더 용기 있게 웃어요.
선은 악한 마음보다 강합니다.
용기는 무력보다 강합니다.

산다는 것은 기적의 상자 같은 것.
지금 이 다리를 건너면 멋진 일이 기다릴 거예요.
저 모퉁이를 돌아서면
기적처럼 좋은 일이 기다릴 거예요.

» 불행을 받아들이는
연습도 필요합니다

현대사회는 즉각즉각 대답을 원하고 바로바로 처리를 해냅니다.
모든 것이 즉석에서 해결됩니다.
그런 지금을 사는 우리에게 인생 수업 중에 가장 힘든 과목은
'기다림'입니다.

옛날에는 어둠 속에서 빛을 밝히는 게 무척 어려웠습니다.
한 개비의 성냥불은 빛을 가져다주는 귀한 불씨였고,
한 종지의 석유를 담은 유리 등잔은
빛을 부르는 귀중한 제기와도 같았습니다.
저녁마다 입김을 호호 불어가며
흐린 등피를 닦고, 등잔에 기름을 담고,
또 촛농으로 얼룩진 놋쇠 촛대를 닦고……
그렇게 정성스럽고도 힘들게 빛을 불러들여야 했습니다.

요즘은 정말 쉽지요.
스위치를 누르던 시대에서 이제는
사람을 감지하는 센서로 불이 켜지는 시대가 왔습니다.
영화 〈캐스트 어웨이〉를 보면 무인도에 떨어진 주인공이
불을 피우기 위해서 각고의 노력을 하는 장면이 나옵니다.
어둠에서 빛으로, 전환이 너무 쉽게 이뤄지는 시대에 사는 우리.

그래서 절망도 빠르고 포기도 빠른 건 아닌지요.

이렇게까지 노력했는데 왜 성과가 없는 것일까,
그토록 기도했는데 왜 내겐 행운을 주지 않는 걸까,
조바심이 날 때가 많습니다.
고속 엘리베이터에 길들여져 있는 속도의 시대이기 때문입니다.

엘리베이터는 현대인의 편리한 도구입니다.
그러나 꿈을 이루는 도구는 될 수 없습니다.
꿈을 이루는 도구는 오직 사다리뿐입니다.
하나하나 내 발로 디뎌야 올라갈 수 있는 사다리.
방해를 이겨내고 응원도 받아가며 올라가는 사다리.
꿈으로 가는 푸른 사다리에 한 발 한 발 꾸준히 올라가보는 일뿐,
언젠가는 다 오를 날이 있겠지 할 뿐, 다른 방법은 없습니다.

엘리자베스 퀴블러 로스와 데이비드 케슬러가 함께 쓴
《인생 수업》에서도 이렇게 조언합니다.

"그 어떤 것이라도 단 한 번에 이루어지지 않는다.
당신이 무화과 하나를 원한다고 나에게 말하면

나는 이렇게 대답할 것이다.
그 역시 시간이 필요하다고.
먼저 꽃을 피우도록 기다리라고.
열매를 맺고, 그것이 마침내 익을 때까지 시간을 주라고."

기다림을 잘하기 위해서는, 인내심을 기르기 위해서는
우선, 나쁜 상황을 받아들이는 연습이 필요합니다.
사랑하는 사람이 당신의 사랑에 보답하지 않는다고 해서
그 사랑을 강요할 수는 없습니다.
이 순간 암을 앓고 있다고 해도 그것을 당장 고칠 수는 없습니다.
내 꿈이 이루어지지 않는다고 해서 신에게 대들 수도 없습니다.
나쁜 상황은 우리를 불행하게 하지만,
그 사실 자체를 바꿀 수는 없습니다.

하지만, 지난날의 불행을 바꿀 수는 없어도
남은 인생은 멋지게 살 수 있습니다.
누군가가 당신을 사랑하게 만들 수는 없지만,
당신의 소중한 시간과 열정이 낭비되는 것을 막을 수는 있습니다.

» 천국은
가장 평범한 순간에 있습니다

볼프강 보르헤르트의 단편 〈부엌 시계〉에는 이런 말이 나옵니다.

"그때가 천국이었다고 생각해요.
정말 천국이었죠."

전쟁이 끝난 후,
스무 살 청년이 시계를 하나 안고
벤치에 앉아 있는 사람들에게 다가옵니다.
그리고 그 시계를 사람들에게 보여줍니다.
사람들은 시곗바늘이 2시 30분에 멈춰 있는 것을 보고 말합니다.

"2시 30분에 당신 집에 폭탄이 떨어졌던 거군요."

그러자 청년은 말합니다.

밤 2시 30분은 그가 항상 집으로 돌아오던 때였습니다.
늘 조용히 문을 열었는데도
어머니는 그가 들어오는 것을 항상 알아챘습니다.
그가 어두운 부엌으로 가서 먹을 것을 찾노라면
늘 전등불을 켜곤 했습니다.

어머니는 항상 맨발이었죠.

깊은 잠에 들었던 청년의 어머니는 아들이 배가 고플까 봐
졸린 눈을 비비며 일어나서 아들에게 먹을 것을 내줍니다.

"늦었구나."

한마디를 하시면서…….
그리고 아들이 배부르게 먹을 때까지 오래오래 지켜보고
아들이 방으로 들어가면 부엌에서 그릇을 정리하곤 했습니다.
그릇이 덜그럭거리는 소리를 들으며 아들은 잠을 청했습니다.

어머니가 아들에게 저녁을 차려주던 그 시각에 멈춰버린 부엌 시계.
어머니도, 아버지도, 평온했던 일상도 다 사라져버린
전쟁의 폐허 속에서도 여전히 살아남아 가슴을 울리는 시간…….
그 시간에 대해 청년은 말합니다.
그때가 행복한 천국이었다는 것을 이제야 알게 됐노라고.

가장 행복했던 시간에 멈출 수 있다면,
어떤 시간에 머물고 싶으신가요?

보석 상자에 집어넣어 영원히 저장하고 싶은 시간,
그 어떤 삶의 폭격에도 파괴되고 싶지 않은 시간,
절대 소멸시키고 싶지 않은 시간…….
그 시간은 가장 평범한 시간이 아닐까요?

좋은 사람과 마주 앉아 눈길을 나누는 평범한 시간이
바로 기적입니다.
시계를 멈추고 오래오래 간직하고 싶은,
천국의 시간입니다.

신문에 한 줄 실리지도 않을 일들이,
영화화될 리는 절대 없는 일들이,
너무 소박해서 가끔은 초라하게 보일지도 모를 일들이
바로 기적입니다.

사랑하는 사람의 눈동자를 들여다보면서
순간이나마 영원을 맛볼 수 있다면
그 또한 기적입니다.

기적은 기적이라는 이름표를 붙이지 않고

조용히 스쳐가버립니다.

이 순간이 기적입니다.
기적을 꼭 붙잡으세요.

지난날의 불행을 바꿀 수는 없어도
남은 인생은 멋지게 살 수 있습니다.
누군가가 당신을 사랑하게 만들 수는 없지만,
당신의 소중한 시간과 열정이 낭비되는 것은
막을 수 있습니다.

나무처럼
살아가면 좋겠습니다

"평생 같은 자리에서 살아야 하는
애꿎은 숙명을 받아들이는 의연함에서,
이 땅의 모든 생명체와
더불어 살아가려는 그 마음 씀씀이에서
내가 정말 알아야 할 삶의 가치들을 배운다."

우종영의 저서 《나는 나무처럼 살고 싶다》의 머리말에
짙게 밑줄을 그었습니다.
마치 내 마음을 기록한 것 같았습니다.

언제나 한결같이 그 자리에 서 있어서 등을 기대게 하는 나무.
그 나무에 기대서 하늘을 보면 하늘은 얼마나 푸르렀는지…….
마음이 아플 때면 가지에 앉은 새들이 노래를 불러주곤 했지요.
한숨 짓고 싶을 때 나무는 바람 소리로 대신해주곤 했지요.
세상의 미련을 버리지 못하고 있을 때
나무는 무수한 잎사귀를 떨구며
버림의 철학, 떠남의 미학을 일러주곤 했지요.

나무는 우리에게 아낌없이 줍니다.
봄에는 싱그러운 공기를,

여름에는 시원한 그늘을,
가을에는 탐스러운 열매를,
겨울에는 넉넉한 땔감을,
잘린 밑동은 우리가 앉아 쉴 수 있는 쉼터가 되어줍니다.

새벽이면 이슬을 모아 촉촉한 아침을,
아침이면 산새를 모아 고운 노래를,
낮에는 잎을 흔들어 향기로운 바람을,
밤이면 편안히 잠들 수 있는 고요를 준비해줍니다.

언제나 그 자리에 한결같이 서 있는 나무는
사랑의 철학자이기도 합니다.
마주 서 있지만 언제나 적당한 거리를 두고 서 있는 나무.
사랑의 절제를 아는,
다가가고 싶은 마음조차 그를 위해 참아내는 나무.
그의 사랑 철학을 배우고 싶습니다.

폭우 속에도, 폭염 속에서도 그저 묵묵히 서 있는 나무,
강하고 당당한 삶의 전사인 나무를 닮고 싶습니다.

나무 밑을 걸을 때는 겸손해지는 이유.
나무 밑을 걸을 때면 사랑하는 사람이 생각나는 이유.
그것은 나무가 인생의 철학자이며
사랑의 대가이기 때문이겠지요.

» 추억은
영원한 시간입니다

손목시계, 괘종시계, 벽시계, 알람시계, 탁상시계,
아무도 보지 않는 서랍 속에서 잠자고 있는 시계들…….
시계는 그렇게 각각의 장소에서 초침을 째깍거립니다.
수많은 시곗바늘들이 서로 다른 시간을 가리킬 때도 있지요.

창을 열면 가장 정확한 시계가 있습니다.
태양을 보내 한낮을 알리고 노을을 보내 저녁을 알리는 자연 시계.
그 시계는 이렇게 째깍거립니다.
인생에서 가장 소중한 것은 마음에 닿는 바로 이 느낌이라고.

눈앞에 펼쳐진 풍경, 내 머리를 간질이는 바람,
내 마음을 채우는 사람, 내 가슴을 벅차게 하는 꿈,
지금 이 순간의 바로 그것들은 잠깐의 시간이 아닙니다.
영원히 머무는 시간입니다.

시계가 많이 등장하는 영화가 있습니다.
나른한 초침 소리가 반복되고, 특정한 시간을 가리키는 시계가
수시로 클로즈업되는 왕가위 감독의 영화 〈아비정전〉.
축구장 매표소에서 일하는 여자에게
한 남자가 시계를 보라고 합니다.

"1960년 4월 16일 3시.
우린 1분 동안 함께했어.
난 잊지 않을 거야.
우리 둘만의 소중한 1분을."

사랑하는 사람과 몇 시간을 같이 있느냐가
중요한 건 아니겠지요.
단 1분을 같이 있어도 사랑을 충분히 느낄 수 있느냐가
더 중요합니다.
사랑하는 사람과 함께한 추억의 시간은
60년, 70년 우려먹는 사골국입니다.
한 개의 추억은 깊은 맛이 안 나지만
수십 수백 개가 모이면 깊고 뽀얀 맛을 냅니다.

아들이 학교 다닐 때 일에 치여 살았던 나는
아들과 함께 있는 시간이 부족했기 때문에
학원 데려다주는 일은 직접 했습니다.
오고 가는 차 안에서 내가 좋아하는 음악을 함께 듣고
그 음악에 대해 대화를 나누곤 했습니다.
그랬더니 둘의 음악 취향이 아주 비슷해져버렸습니다.

초등학교 때부터 아들은 올드팝을 좋아했는데
내가 차 안에서 틀어놓은 음악 덕분입니다.
아들은 학교에서 일어난 일에 대해 말하고
나는 방송사에서 있었던 일에 대해 말하곤 하는 것도
다 추억의 한 조각입니다.

추억은 함께 공유하는 기억이니까요.

시간과 관계없이 자신을 지탱하는 힘,
그것은 사소한 추억에서 오곤 합니다.
추억은 그리 특별한 것이 아닙니다.
함께 음악을 들으면서 그 음악에 대해 얘기를 나누는 일,
함께 동네 골목길을 손잡고 걷는 일,
함께 나뭇잎을 주우면서 계절의 느낌에 대해 대화하는 일,
함께 화분을 가꾸는 일,
함께 하늘을 보는 일,
함께 공연장을 찾는 일,
함께 영화를 보는 일,
함께 음식을 만들어 먹는 일,
함께 책을 읽는 일,

함께 서점에 가는 일,
함께 노래하는 일,
함께 춤추는 일,
함께 시장에 가서 순대를 사 먹는 일,
함께 어판장에 가서 이상하게 생긴 생선을 보며 놀라는 일,
함께 농담하다가 썰렁하다며 깔깔대는 일······.
이 모든 것이 추억을 만드는 일입니다.

함께 이해하는 모든 순간, 함께 사랑하는 모든 순간이
다 추억의 이름표를 달고 있어요.
추억은,
힘들게 걸어가는 우리 등을 힘껏 밀어주는
초강력 엔진입니다.

사랑이
당신의 매력입니다

"클레오파트라의 코가 1센티만 낮았어도
세계 역사는 다시 쓰였을지도 모른다."

파스칼의 이 말 덕분에 클레오파트라는 유명하게 됐지요.
클레오파트라는
당대의 영웅 카이사르와 안토니우스를
조종해서 격동기의 이집트를 능숙하게 통치했던 여왕입니다.
그녀가 카이사르나 안토니우스를 유혹하지 않았다면
고대사가 달라졌을 것이란 이야기인데,
얼마나 미인이길래 그런 영웅들이 반해버렸을까요?
그녀가 과연 그렇게 미인이었을까요?

대영박물관에서 〈클레오파트라 특별전〉이 열렸다고 합니다.
조각과 꽃병, 보석, 그림 등
클레오파트라와 관련된 모든 것들이 다 모였는데요.
가장 눈에 띄는 것은 검정 대리석으로 실제 모습을 재현한
클레오파트라의 조각상이었습니다.
그 모습은 상상했던 것과 완전히 달랐다고 하죠.
평범한 얼굴에 150센티 남짓한 작은 키,
뚱뚱한 몸매와 엉망인 치아, 뾰족한 매부리코,

날카로운 눈꼬리와 두툼한 목덜미의 여인이었습니다.

고고학 전문가 수전 워커 박사는
"클레오파트라의 신화는 난센스"라고 강조했지요.
클레오파트라는 얼굴이 예쁘다기보다는
재치 있고 지적이었다고 합니다.
몇 개의 외국어를 구사했고,
위트와 유머가 있는 인물이었다는 것입니다.
그녀의 지성과 교양과 유머는
누구도 따라가지 못할 매력적인 것이었다고 합니다.
그러므로 미인을 상징하는 말은 '클레오파트라의 코'가 아니라
'클레오파트라의 지성'으로 바뀌어야 합니다.

남자도 마찬가지.
여자가 남자를 볼 때 그가 지닌 분위기, 지성, 능력…….
이런 것들이 매력을 좌우합니다.

"마음속 깊은 곳에서는
인간성에 부드러운 눈을 돌릴 수 있는 사람."
이런 사람에게 매력을 느낀다고

시오노 나나미는 《남자들에게》라는 책에서 주장합니다.

결국 이 세상의 반인 남자들, 또 이 세상의 절반인 여자들이
매력을 갖기 위한 비법은 이 한마디로 정리할 수 있겠지요.

"생을 사랑하라. 그리고 자신을 사랑하라.
그것이 당신의 매력이 될 것이다."

벽을 허물면 생기는
둥근 마음, 사랑입니다

히가시노 게이고의 장편소설 《편지》는
편견의 아픔을 그리고 있습니다.
교도소에 있는 형이 동생에게 보내는 편지 내용과 함께
범죄자 가족으로 살아가는 동생의 삶을 다루고 있는 작품이죠.
형은 동생을 위해 충동적인 범행을 저지르고
징역 15년을 선고받습니다.
교도소 직인이 찍힌, 세상에 하나밖에 없는 형에게서 온 편지를
동생은 반갑게 받을 수만은 없었습니다.
사회의 편견으로부터 벗어나려고 할 때마다
그 편지가 족쇄가 되어 동생을 묶어버렸기 때문입니다.
그래서 형이 그토록 기다리는 답장을 보낼 수 없었습니다.
형이 누구 때문에 교도소에 갔는지 잘 알지만,
모르는 사람으로 살아가자고 매정한 작별을 고해야 했습니다.

우리가 갖는 차가운 편견, 무심코 들이대는 선입견.
어쩌면 세상에서 가장 무거운 형량이며 잔인한 형벌은 아닐까요?

우리 마음에 스며들어 있는 하나의 단단한 등뼈,
그것은 바로 편견입니다.

직업이 이러니까, 외모가 그러니까, 태생이 저러니까…….
이런 선입견은 인간관계에 문제를 일으키고,
가치관의 오류를 범하게 합니다.
지역을 나눠서 네 편 내 편 가르고,
학벌로 평가해서 편을 가르고,
재산과 평수로 편을 가르더니
이제는 혈액형까지 선입견으로 작용합니다.

겪어보지도 않고 그 사람에 대해 판단하는 것은 위험합니다.
편견을 가진다는 것은 곧,
한쪽 눈으로만 세상을 본다는 뜻입니다.
우리에게 가장 시급한 일은 바로,
편견이라는 마음의 벽을 허무는 일이 아닐까요?

벽을 허물면 둥근 마음이 됩니다.
둥근 마음은 사랑입니다.

지금 우리는

먼 훗날 누군가가 마주하게 될
별을 그려가고 있는 중입니다.

먼 훗날 누군가가 쉬어가게 될
나무를 키워가고 있는 중입니다.

그 별의 빛이, 그 나무의 그늘이
어디까지 닿을지는 알 수 없어요.

어쩌면 위대함은, 특별할 것 없는
하루하루 속에 숨겨져 있는 게 아닐까요?

» 이해할 수는 없어도
사랑할 수 있는 것이 가족입니다

가족이란 무엇일까요?
남자와 여자가 만나 결혼하고, 사랑의 결실로 아이가 태어나고,
그 아이가 자라는 동안 같이 울고 웃고 기뻐하고 슬퍼합니다.
열이 펄펄 끓는 아이를 안고 병원으로 달려가고,
아이 학교 입학식과 졸업식에 가고,
가족 중 누군가 아프면 함께 간호하고 걱정합니다.
그러는 동안 그들의 시간에는 역사가 생깁니다.
작지만 위대한 역사……. 가족은 곧 역사입니다.

"가족이란 역사야.
메소포타미아 역사만 역사가 아니고
가족의 역사도 위대한 역사야."

영화 〈스토리 오브 어스〉에서 아내가 남편에게 한 말입니다.

사랑하고, 미워하고, 용서하고, 화해하고, 걱정하고,
고민하고, 해결하고, 기뻐하고, 슬퍼하는 동안 켜켜이 쌓이는 시간.
그 속에 정이 쌓이면서 절망의 순간에 딛고 일어설 힘을 줍니다.
아프지 말아야 할 책임이 됩니다. 이뤄내야 하는 이유가 됩니다.

그게 바로 가족입니다.
그러니 가족의 역사는 그 어떤 역사보다 위대합니다.

영화 〈흐르는 강물처럼〉에서 아버지의 설교를 잊을 수 없습니다.

"우리가 아끼는 사람들이 잘 이해되지 않을 때도
우리는 여전히 그들을 사랑할 수 있습니다.
완전하게 이해하진 못해도 완전하게 사랑할 수는 있습니다."

완전하게 이해할 수는 없어도 완전하게 사랑할 수는 있다……

이것이 바로 가족을 사랑하는 방법입니다.
머리로 알려고 들며 따지고 분석하기 전에
가슴으로 먼저 안아주는 것,
무조건 사랑하고 무조건 한편이 되어줄 수도 있는 것.
그게 가족이니까요.

가족이란,
열이 나는 이마 위에 얹어주는 찬 물수건,
상처를 낫게 해주는 약효 좋은 연고,

힘들 때 도망칠 수 있는 녹색 비상구,
이 세상의 작은 우주입니다.

» 식탁은
가족의 일기장입니다

내가 자랄 때는 밥상의 추억이 참 많았습니다.
아침과 저녁을 온 가족이 둘러앉아 함께 먹었기 때문에
자연스레 아버지가 자식들을 훈육하는 시간이기도 했지요.
그러다 보니 꾸중 듣는 일도 많았습니다.
식사 예절, 학업 성적, 물자 절약 등등…….
아버지의 충고는 끝이 없었습니다.
어머니는 아버지에게 왜 아이들을 밥상에서 야단치냐고 하셨지만
밥을 먹을 때야 얼굴을 볼 수 있었으니
어쩔 수 없었을 것입니다.

그렇게 둘러앉아
하루의 일과도 얘기하고 속상했던 일,
재밌었던 일들을 털어놓으며
서로 걱정과 격려를 나누던 대화의 장, 밥상.
그런데 요즘은 밥상에 함께 앉는 시간이 참 드물어졌습니다.
심지어 드라마에도 밥상 장면이 사라지고 있습니다.
식구들이 함께 모여 밥 먹을 시간이 없다는 이유죠.

하루 세 끼 중에서 온 가족이 함께 밥을 먹을 수 있는 게
몇 끼나 될지 꼽아보게 됩니다.

아침에는 아버지가 혼자 앉아서 시리얼을 급히 먹고 출근하고,
그가 혼자 앉았던 그 자리에
아이가 역시 혼자 앉아서 급히 빵 조각을 먹고 등교하고,
다 나가고 나면 어머니가 또 혼자서 식사를 때우고.
점심 식사도 각자의 공간에서 따로따로 먹고,
저녁 식사 역시 그렇게, 들어오는 사람 순서대로 먹는
'따로 밥상', '홀로 식탁'이 된 것 같아 씁쓸합니다.

요즘은 집이라는 공간, 밥상이라는 공간이
잠시 머물렀다 떠나는 버스 정류장처럼 되어버렸습니다.

가만히 보면 식탁에는 가족사가 다 들어 있습니다.
저 식탁에 앉아서
어머니는 한숨을 쉬었고,
아버지는 술을 마셨고,
아이는 투정을 부렸고,
숙제하다 엎드려 잤고,
첫사랑에게 편지도 썼고,
신문을 보며 세상 돌아가는 걸 탓했고,
가계부를 썼습니다.

그렇게 식탁은, 가족이 살아온 흔적이고 가족의 일기장입니다.

차츰 식탁에 함께 앉는 기회를 늘려보는 건 어떨까요?

시간도 삶의 여유도 없지만
그래도 함께 식탁에 앉아서, 밥상에 둘러앉아서
식사하며 담소를 나누는 기쁨은 절대 버리지 말았으면 합니다.

'함께' 살지만 '홀로'인 가족이 너무 많습니다.
그래서 우리는 망망대해에 홀로 떨어진 섬처럼 외롭습니다.
더 이상 사랑하는 사람이 혼자 밥상에 앉게 하지 말아요.

사랑하는 이와 보낸 시간은
사라지지 않습니다

앨범을 보다가 한 장의 사진에 시선이 머물렀습니다.
아버지와 우리 네 자매가 바닷가로 놀러가 찍은 사진입니다.
올망졸망한 네 자매는 개성 있는 수영복을 입고 뭔가를 먹고
아버지는 수영복에 밀짚모자를 쓴 채 멋지게 웃고 있는 사진.
그 사진 속 아버지는 참 젊습니다.

아버지와 바닷가에 놀러가 찍은 한 장의 사진을 보며
참 많이 바쁘게 살았던 아버지를 떠올립니다.
아버지는 평생 공무원으로 지내셨지만
여가의 시간에도 쉬지 않으셨습니다.
이런저런 부업을 하셨고 휴일이면 과수원에 나가 일하셨습니다.

무척 바쁜 아버지였지만
우리 네 자매를 데리고 바닷가에도 가고 산에도 가곤 하셨죠.
아버지와 네 자매가 찍은 사진이 많이 없어서 안타깝습니다.
지금도 바닷가에 가면 아버지가 생각납니다.
재미있게 노는 어린 네 딸을 흐뭇하게 보시던 아버지가
모래밭에 앉아 모래성만 쌓던 나에게 다가와
바다 한복판에 뛰어들어 헤엄을 치라고
조언해주시던 것이 생각납니다.

아버지와의 추억은 든든한 응원이 되어
내 인생 가라앉지 말라며 떠받쳐줍니다.

사랑하는 이의 마음에 행복한 추억을 만들어준 시간은,
결코 낭비가 아닙니다.
가장 많이 벌어들인 인생 고소득입니다.

시간 부자는 시간에 쫓기지 않습니다.
바쁘다고 소리 내서 말하지 않습니다.
누구보다 부지런히 살지만
시간 속에서 행복의 공간을 찾아내어 누립니다.

시간도 인간이 편리하려고 세월의 구획을 나눠놓은 것인데
왜 그에 얽매여 바쁘다는 핑계로 허둥대고 있을까요.
왜 사랑하는 사람들을 외롭게 만들까요.

시간을 붙잡을 수 있는 사람은 없습니다.
그러나 시간 속에 기억을 저장할 수는 있습니다.
지금 이 시간 속에 우리는 어떤 의미를 심고 있을까요?

"너는 내 지친 영혼 안에서 영원히 잊히지 않을 거야."

안나 게르만이 〈빛나라, 빛나라, 나의 별이여〉에서 노래한 것처럼
우리 마음에 별처럼 남아서 잊히지 않는다면
시간은······.
사라지는 게 아닙니다.
간직되는 것입니다.

여행은
행복을 위한 준비입니다

"어린 시절부터 간직해온 아름답고 성스러운 추억이야말로
그것이 무엇이든 간에 가장 훌륭한 교육이 될 겁니다.
인생에서 그런 추억들을 많이 갖게 된다면
그 사람은 평생토록 구원받은 셈입니다.
우리 마음속에 단 하나의 훌륭한 추억이라도 남아 있다면
언젠가는 구원을 향해 한 발짝 더 다가가게 될 겁니다."

《카라마조프가의 형제들》결말 부분에서 알료샤가 한 말입니다.

나는 아이에게 남겨줄 재산이 없습니다.
재산이 있다 하더라도 남겨줄 생각도 없지만요.
아이에게 이미 통보해두었습니다.
아들은 서가에 있는 책들이나 남겨달라고 합니다.
엄마가 읽으면서 밑줄도 긋고 그 옆에 느낀 점을 메모도 한
그런 책이 좋답니다.
그러나 그 책들을 남겨준다는 것도 욕심인 것만 같습니다.
그건 또 간직해서 뭐하겠나 싶습니다.
그래서 이사할 때마다 기증하거나 지인들에게 나눠줍니다.

가진 것 없는 부모지만,

나는 아이에게 이미 남겨준 것이 있습니다.
그것은 여행의 추억입니다.

그 어떤 추억보다
아이와 함께 여행하면서 생긴 추억이 오래 남아 있습니다.
아이가 학교에 출석하는 것보다
함께 여행을 하는 것을 더 중요하게 생각했습니다.
그래서 방학이 아니더라도 아이를 데리고 이곳저곳 다녔습니다.
그러니 이미 유산을 다 준 셈입니다.

아이의 마음에 구체적인 꿈이 생긴 것은 여행의 순간이었습니다.
제주도의 바닷가에서 게를 잡는 순간 보았던 파도,
부산의 자갈치 시장에서 들었던 시장 사람들의 삶의 소리,
부석사에서 맡았던 사과 향기에 대해서도
아이는 하나하나 다 기억합니다.
그렇게 여행은 아이의 영혼을 성숙시켰고, 꿈을 간직하게 했고,
추억의 순간을 확장해주었습니다.
일상에서 나누지 못한 이야기들을 여행 중에 나누기도 합니다.
우리 가족이 처한 상황, 친구 이야기, 꿈 이야기도
여행 중에는 편히 나눌 수 있습니다.

여행은 사람의 마음을 감성적으로 만듭니다.
그리고 솔직하게 만들어주는 마술을 부립니다.
여행은 그동안 잠가버렸던 마음의 자물쇠를 풀어줍니다.
여행은 세계관과 인생관을 나누는 기회가 되어주기도 합니다.
여행은 오래 기억될 대화를 나눈 추억의 시간이 되어줍니다.

사실 여행은 떠날 때보다 준비할 때 더 설렙니다.
지도를 보면서 내가 여행할 곳을 손가락으로 짚어보고,
이곳과 얼마나 멀어질 것인가 가슴 먹먹해지기도 하고,
두고 가는 사람에 대한 아쉬움과 만날 사람에 대한 기대가
교대로 마음을 넘나들고, 그곳 날씨에 따라 옷과 신발을 준비하고,
가방을 꾸리고 비행기나 기차표를 챙기는 그 마음.
여행은 그렇게 준비할 때가 더 설렙니다.

다 잊고 싶을 때,
이곳의 사람과 상황을 망각하고 싶어질 때,
여행을 떠나본 적 있으신가요?

"내일과 다음 생 중에,
어느 것이 먼저 찾아올지 우리는 결코 알 수 없다."

티베트 속담이지요.

여행의 가장 큰 매력은 '낯설음'에 있습니다.
낯설음은, 상상력을 자극해서 존재하는 세계를 새롭게 보게 합니다.
이미 갔던 곳을 또 여행하는 것도 새롭기는 마찬가지입니다.
갈 때의 기분에 따라서, 계절의 변화에 따라서
여행이 주는 느낌은 새로울 수가 있습니다.
떠날 여건이 안 된다면 지나온 여정을 돌아보는 일,
그리고 앞으로 떠날 여행을 꿈꾸는 일…….
그것만으로도 충분히 행복합니다.

아버지의 등을
잊지 말아요

어느 날 보게 된 박순철 화백의 수묵담채화 〈비는 내리고〉.
전시회장에 걸린 이 그림 앞에서
걸음을 옮길 수 없었습니다.
그 그림 속에서 아버지를 발견했기 때문입니다.
그림 속 아버지는 곧 우리 아버지였습니다.
꾸부정해진 등은, 언젠가 내가 업혔던 그 등이었습니다.

아버지 등에 업힌 적이 없다고 생각하지만,
단 한 번도 아버지는 나를 업었다고 생각하지 않으시겠지만.
사실 숱하게 아버지한테 업혔습니다.
내 인생에 바람 부는 날이면
아버지는 나를 업고 그 바람 속을 걸었습니다.
비 내리는 날이면 우산을 들고 나를 업었습니다.

등이 구부러지고 더 이상 기운이 없을 때에도
아버지는 늘 자식을 등에 업고 걸어갑니다.
그 등에는 자식만 업히는 게 아닙니다.
부모도 업히고 아내도 업히고 손자도 업힙니다.
이루지 못한 꿈도 업히고, 지난 세월의 회한도 업힙니다.
그래서 아버지 등은 언제나 무겁습니다.

세상을 업고 걸어가기 때문입니다.

내 생의 무게를 대신 지고 걸어가준 아버지.
그래서 우리는 바람 부는 언덕도,
비가 오는 강물도 다 건너올 수 있었습니다.

비 내리는 현실 속을 남루한 우산 하나 들고
굽은 어깨와 등으로 비틀거리며 걸어가는 아버지…….
언제나 강한 존재일 것만 같았지만
이제 더 이상 강하지도 않고 더 이상 힘세지도 않은 아버지…….
아버지에게 존경한다는 고백을 전해드리고 싶어집니다.
이제는 뵐 수 없지만, 다른 세상에 가 계시면 또 어때요,
마음으로 부르면 와주실 겁니다.

나는 지금도 아버지 등을 바라보고 걸어갑니다.
아버지의 등은 내 인생의 방향 지시등입니다.

》
내주세요
언젠가는 받게 됩니다

초등학교 다닐 때였습니다.
언니에게 한 친구에 대해 쫑알쫑알 하소연하고 있었습니다.

"걔는 만날 내 거 빌려가. 어떤 땐 돌려주지도 않아."

언니가 나와 같이 화를 내주었습니다.

"뭐 그런 애가 다 있어? 더 이상 빌려주지 마."

그때 옆에서 바느질하던 어머니가 한마디 하셨습니다.

"저축한다고 생각하면 되지."

그게 무슨 뜻인지 몰랐습니다.
언니와 내가 갸우뚱하며 쳐다보자 어머니가 말을 이었습니다.

"돈만 저축하는 게 아니다. 친구에게 베풀면 그게 다 저축이야."

어머니의 그 말은 내 마음에 잘 간직되어 있습니다.
인간관계가 힘든 날이면 꺼내보곤 합니다.

'그래. 저축한다고 생각하자. 한 번 더 기회를 주고 정을 베풀자.'

나와 마음이 안 맞는다면 그를 더 이상 안 보는 게 맞습니다.
하지만 뜻도 마음도 맞는다면 동행해주는 마음이 필요하겠지요.
인간관계가 힘든 이유를 잘 생각해보면 거기에는
준 만큼 받고, 받은 만큼 주려는 심리가 있는 것 같습니다.
그런데 우리 사는 일이 어디 법칙대로 맞아떨어지던가요?
누군가에게는 늘 주기만 하고 누군가에게는 늘 받기만 하게 됩니다.
온 마음을 다해서 상대방을 대했는데,
온 힘을 다해서 그를 도왔는데,
그럴 때마다 바보가 된 기분이 들기도 합니다.

진정한 인간관계는 조건을 달지 않는 데 있습니다.
'내가 이만큼 해줬는데 이만큼 받아야지' 하는 것 없이,
'내가 이렇게 열심인데 너도 열심히 해' 하는 것 없이,
그저 내가 좋아서 하는 것, 거기에 의미를 두어야 합니다.

인간관계도 저축입니다.
내가 그에게 쏟아부을 때가 있습니다.
주기만 할 때는 힘이 빠지기도 합니다.

어느 날, 또 내가 누군가에게서
그렇게 받기만 하는 때가 생기기도 합니다.

지금 누군가에게 내주면
언젠가 누군가에게 받게 되는 것.
그것이 인간관계의 진리입니다.
내가 그에게 뭔가를 주는 일은
가장 이자율이 높은, 행복한 저축입니다.

여행은 사람의 마음을 감성적으로 만듭니다.
그리고 솔직하게 만들어주는 마술을 부립니다.
여행은 그동안 잠가버렸던
마음의 자물쇠를 풀어줍니다.

한 번뿐인 것처럼
사랑하세요

모든 만남에는 이별이 예정되어 있습니다.
운명 같은 만남에도 여지없이 이별의 기미는 숨어 있죠.

생텍쥐페리의 《어린 왕자》에는 이런 대목이 나옵니다.

"세상에서 가장 어려운 일은
사람이 사람의 마음을 얻는 일이란다."

각각의 얼굴만큼 각양각색의 마음,
순간에도 수만 번 변하는 사람의 마음을
한곳에 머물게 하는 일이
세상에서 가장 힘든 일이라는 말, 공감하시나요?

늘 곁에 있어줄 것 같던 사람이 갑자기 떠납니다.
나밖에 없을 것 같던 사람이 갑자기 떠납니다.
사람의 마음은 붙잡을 수 없는 바람과 같은 것이죠.

그래서 우리는 불쑥 헤어짐의 아픔에 처하게 됩니다.
뜻하지 않은 시한부 인생을 선고받은 것처럼
생각지도 못하게 찾아오는 이별,

갑작스러운 위경련보다 아픈 이별을 수시로 겪어야 합니다.

이별을 해놓고
늘 만나던 장소로 걸음이 옮기다가 문득,
우리 헤어졌구나 깨닫게 됩니다.
전화기를 꺼내 번호를 누르다가 문득,
우리 헤어졌구나 깨닫게 됩니다.

헤어질 줄 알았다면
더 배려할걸, 더 위로해줄걸, 더 감싸줄걸,
더 이해할걸, 더 용서할걸, 더 함께 있어줄걸……
온갖 후회가 가슴을 치는 이별의 순간은
만남 속에 언제나 숨어 있습니다.

그러니 죽음이 있기에 최선을 다해 살아야 하는 것처럼,
이별이 있기에 최선을 다해 사랑해야 하는 거겠지요.

더 이상 당신에게 해줄 것이 아무것도 없다,
이렇게 말할 수 있을 때까지 원없이 사랑하고 싶습니다.

그래서 김재진 시 〈마지막 편지〉에서처럼 이렇게 말하고 싶습니다.

"다시 당신을 사랑할 기회가 생긴다 해도
사랑하지 않겠습니다.
최선을 다한다는 건 한 번뿐,
더 이상의 사랑은 내게 무의미한 반복입니다."

낯선 이들의 어깨에
기대고 있음을 잊지 말아요

산책하다가 그만,
주머니에 넣어두었던 휴대전화를 잃어버렸습니다.
흘린 줄도 모르고 걷다가 늦게야 알게 된 것입니다.
걸어왔던 길을 되짚으며 찾고 있는데
산책하던 아주머니가 무슨 일인지 물었습니다.
휴대전화를 잃어버렸다고 하자 아주머니는
수색 작전에 같이 나서주었습니다.

자전거 탄 아저씨가 지나가다가 멈춰 서더니 물어왔습니다.

"무슨 일이세요?"

아주머니가 대답했습니다.

"이분이 휴대전화를 잃어버렸다고 해서요."

아저씨는 자전거에 달린 조명을 떼어내 비춰주면서
휴대전화 찾기에 동참했습니다.
이번에는 웬 아가씨가 같이 멈춰 서서
자신의 휴대전화로 플래시를 켜고 여기저기 찾아봐주었습니다.

사람들이 점점 늘어났습니다.
낯선 이의 휴대전화를 찾아주기 위해 사람들이 모여들었습니다.

한참 땅바닥을 이리저리 보며 걷다 보니
저 멀리 잃어버린 휴대전화가 보였습니다.

"여기 있어요!"

내가 탄성을 내지르며 휴대전화를 들어 올리자
"아이고, 다행이네요!" 하며 사람들이 환호성을 터뜨렸습니다.
자기 일처럼 기뻐하며 안도하는 사람들을 보고는 뭉클했습니다.

오붓한 산책길, 혼자만의 시간을 가지고 싶었을 겁니다.
그런데 남의 일을 마치 자기 일처럼 여기며
나보다 더 열심히 휴대전화를 찾아주던 그들을 잊을 수 없습니다.

음료수라도 대접하고 싶어서 자판기로 뛰어가는 나를 붙들고
괜찮다며 흩어져버린 사람들…….
그들의 뒷모습을 고마운 시선으로 한참을 바라보았습니다.

영화 〈욕망이라는 이름의 전차〉에서 비비안 리가
마지막으로 남긴 대사는 이것이죠.

"나는 언제나 낯선 사람들의
친절한 어깨에 기대어 살아왔어요."

문득 나는 내 어깨를 타인들에게 내어주었나 돌아봅니다.

사람 경계 경보가 가득한 세상.
그러나 참 좋은 사람들이 참 많습니다.

회복되니까
상처인 거죠

모 드라마 감독의 고교 시절, 괴롭히던 친구가 있었습니다.
죽고 싶을 만큼 힘들었고 극단적인 생각도 했습니다.
그는 시간 속으로 도망치기로 했습니다.
버티기로 한 것입니다.
그저 버티기. 괴로워도 버티기.
그러다 보니 학창 시절이 끝났습니다.
졸업 후에는 두 번 다시 마주칠 일 없었습니다.

드라마 감독이 된 후 그는
드라마에 그 친구 이름을 악당의 이름으로 넣어서 한을 풀었습니다.
그러다 보니 그때 자기를 그토록 괴롭혔던 그 친구가
심지어 그립기까지 했습니다.

그때 그 시절, 자신을 괴롭히는 친구 때문에
극단적인 선택을 했다면, 그가 만든 드라마를
우리는 볼 수가 없었을 것입니다.

이성복 시인은 이렇게 말했습니다.

"상처야 많지.

겨울날 살얼음 낀 웅덩이의 물도,
추운 날 수족관 속 도다리도
상처라면 상처지."

세상에 존재하는 것들 중에 상처 아닌 것이 있을까요?
그러나 상처는 회복되기 때문에 상처입니다.

우리가 하는 놀이 중에 '얼음땡놀이'가 있지요.
잠시 멈춰야 하는 '얼음', 다시 움직일 수 있는 '땡'.
'얼음'으로 있는 시간은 영원하지 않아요.
서러운 마음 붙잡고 참고 기다리면 '땡' 하는 순간이 옵니다.

그 순간은 꼭 온다는 약속을 지킵니다.
안개가 걷혀 햇살이 빛나는 것처럼,
바람 불고 나면 잔잔해지는 것처럼,
밤이 지나 아침이 오는 것처럼.

모든 인연은
축복입니다

이런 인디언 속담이 있습니다.

"빨리 가려거든 혼자 가라.
멀리 가려거든 함께 가라.
빨리 가려거든 직선으로 가라.
멀리 가려거든 곡선으로 가라.
외나무가 되려거든 혼자 서라.
푸른 숲이 되려거든 함께 서라."

우리 인연 중에는 여러 가지가 있습니다.
헤어지고 난 후, 그 인연은 이렇게 나뉘곤 합니다.

빛바랜 사진처럼 그저 추억의 한 장이 되어버리는 인연,
찢어버린 사진처럼 추억조차 남기고 싶지 않은 인연,
컬러가 생생한 사진처럼 바로 어제 만난 듯 여겨지는 인연,

그리고
가슴속에 언제나 살아 있어서
차마 사진이 되지 못하고 언제나 현실인 인연······.

그중 어떤 인연을 간직하고 계신가요?

빛바랜 사진이지만, 바라보고 있으면 따뜻해지는
그런 인연이 있다는 것은 행복한 일입니다.

오래 못 보고 있어도
어제 만난 듯 여겨지는 인연이 있다는 것은 즐거운 일입니다.

언제나 가슴 한구석에 살아 있어서
추억조차 되지 못하고 언제나 현실인 인연,
그런 사람을 품고 있다는 것은 축복입니다.

당신으로 인해 견딜 수 없이 쓸쓸해질 때도 있지만,
그리움이 가슴을 찢고 터져 나올 때도 있지만,
그러나 당신, 고맙습니다.
사랑을 간직한 채 지낼 수 있게 해줘서 참 고맙습니다.

함께 가는
사람이 되어주세요

어느 아이에게 물었습니다.
"커서 뭐가 될래?"

아이가 대답했습니다.
"아빠가 될래요."

다른 아이에게 물었습니다.
"넌 자라서 뭐가 될래?"

아이가 대답했습니다.
"어른이 될래요."

아이들의 대답은 어쩌면 소박하지 않은,
가장 위대한 꿈인지도 몰라요.
좋은 아빠가 되기 쉽지 않고
진짜 어른이 되기도 어려운 일이니까요.
시인 윤동주의 시 〈아우의 인상화〉 중에
비슷한 구절이 나옵니다.
시인은 동생에게 묻습니다.
자라서 뭐가 되겠냐고.

그러자 동생이 대답합니다.
사람이 되겠다고.

사람이 되겠다는 아우의 대답을 형은 슬퍼합니다.
사람답게 사는 세상이 과연 올까 하는 불안함과
어두운 세상을 물려줘야 하는 미안함 때문입니다.
진짜 인간이 된다는 게 얼마나 힘든 일인지 알기 때문입니다.

사람다운 사람은 어떤 사람일까요?
사람다운 사람은 사랑을 품은 사람 아닐까요?

사랑을 품은 사람은 연민을 가집니다.
가엾게 여기는 마음으로 다른 사람을 품습니다.

사랑하는 사람은 다른 사람을 무시하지 않습니다.
나보다 그 사람의 자리에 서서 마음을 헤아립니다.
신영복 선생은 감옥에서 조카들에게 보낸 엽서에 썼습니다.
잠자고 있는 토끼를 깨우지 않고
자기만 먼저 간 거북이가 되지 말라고.
깨워서 함께 가라고. 그것이 진정한 사람이라고.

내가 좀 늦어진다고 해도 더불어 가는 사람,
가슴에 야망보다 먼저 사랑을 채우는 사람,
그런 사람이 진짜 사람입니다.

나무와 풀잎은 비를 맞을수록 더 반짝이지요.
시련 속에서 더욱 생생해지고 한층 눈부셔지는,
그런 사람이 진짜 사람입니다.

누군가 밑줄 그어놓은 책의 구절처럼,
그래서 또 한 번 음미하고 싶은 구절처럼
누군가의 마음에 선명한 밑줄을 남기는
진짜 사람이 되고 싶습니다.

나에게는 혹독하고
남에게는 관대해야 합니다

영화 연출을 한 하정우 씨에게 사회자가 물었습니다.

"감독인 하정우가 배우 하정우에게 하고 싶은 말은 무엇인가요?"

하정우 씨는 자신에게 이렇게 말하고 싶다고 하더군요.

"믿을 건 너밖에 없다."

자기 자신을 믿고 자기 자신에게 혹독하게 하고 싶다고 했습니다.

우리가 하는 일이 다 잘되기만 할까요?
처음 시작할 때는 그런 희망으로 출발하지만
잘 안 될 때가 많습니다.
그럴 때 누구 탓을 하는 편인가요?

드라마 역시 처음에 시작할 때는
같이 일하는 사람 모두 좋은 마음으로 힘을 모읍니다.
그러나 드라마가 잘 안 되면 상대 탓을 하기 시작합니다.
감독은 작가 탓, 작가는 감독 탓, 배우는 작가 탓, 감독 탓…….
그런데 또 그 반대로 드라마가 잘 안 될 때는 내 탓이고,

드라마가 잘되면 그 공을 남에게 넘기는 사람도 보게 됩니다.

일이 잘된 것은 다른 사람이 잘해주어서이고
잘 안 된 것은 모두 내 탓이라는 자세를 가진 사람들을 보면
존경심이 절로 생깁니다. 그렇게 생각하기가 쉽지 않기 때문입니다.

스태프가 차린 멋진 밥상을 맛있게 먹었을 뿐이라는
황정민 씨의 수상 소감이
많은 이들의 마음에 남았던 것도 그래서겠죠.

남에게는 혹독한 평가의 잣대를 들이대면서
나에게는 후한 점수를 주는 사람보다
나 자신은 혹독하게 평가를 하고
남에게는 좀 더 관대한 사람이 되고 싶습니다.

나와 같이 일하느라 수고한 사람에게
영화 〈킹콩을 들다〉에서 교사가 학생에게 해준 말을
건네고 싶습니다.

"동메달을 땄다고 해서 인생이 동메달이 되진 않아.

그렇다고 금메달을 땄다고 인생이 금메달이 되진 않아.
매 순간 최선을 다한다면 그 자체가 금메달이야."

실패하면 남 탓을 하며 외면할 게 아니라
실패할수록 위로를 건네는 사회였으면 좋겠습니다.
우리 모두 잘하려고 노력했으니까,
최선을 다했으니까 우리는 금메달리스트라고.
그러니 힘내자고.

당신으로 인해 견딜 수 없이
쓸쓸해질 때도 있지만,
그리움이 가슴을 찢고
터져 나올 때도 있지만,

그러나 당신, 고맙습니다.

사랑을 간직한 채 지닐 수 있게 해줘서
참 고맙습니다.

낮아지는
연습이 필요합니다

가지 끝에 매달린 아름다운 꽃잎이
때가 되면 바람에 속절없이 흩어집니다.
우리가 인연을 맺고 사는 일도 그런 거겠지요.

만날 땐 꽃잎처럼 무성하지만
인생사에 부는 바람에 속절없이 지고 마는 인연.

생각하면 참 쓸쓸합니다.
사람이 사람을 만나 인연을 맺는 것이
쉬운 일이 아니라는 것을 알기 때문에
내게 다가온 인연이 참 애틋합니다.
그 인연을 잘 지켜가고 싶어집니다.

하지만 세상에는 아무리 노력해도 힘든 일이 있습니다.
수많은 격언에서는 쉽게 말하는 그런 것들이
내게는 너무나 힘들게 느껴질 때가 있습니다.
원수를 사랑하는 일도, 나 자신을 아는 것도 힘들고,
야망을 품고 그것을 이루는 것도 힘들고,
99퍼센트의 노력을 다하는 일도 힘듭니다.

그중에서도 가장 힘든 일,
사람과 사람 사이의 관계입니다.

사물은 어떻게 작동하는지 알 수 있고,
날씨도 예보를 해주니 예측할 수 있고,
기계는 사용법이 있고, 요리는 요리법이 있지만,
사람을 대하는 일은 매뉴얼도 없고, 예보도 없고,
뚜렷한 학습법도 없습니다.
특히 막무가내로 자신의 입장만 내세우는 사람은
어찌해볼 도리가 없습니다.

변명하거나 간섭하거나
싫은 소리 하는 것이 내게는 참 힘든 일입니다.
그러고 나면 온몸의 에너지를 뺏겨서
한동안 누워 있어야 할 정도입니다.
그래서 나는 내가 변명해야 할 일이 늘어나거나
자꾸 그 사람에게 잔소리를 해야 할 일이 늘어나거나
싫은 소리가 터져 나오는 횟수가 잦아지거나 하면,
그 사람을 더 이상 만나지 않게 됩니다.
내가 살기 위해서는 그 사람을 끊어야 하는 것입니다.

부딪쳐 깨어지더라도 뭐든 달려들어
끝장을 보는 캐릭터와는 거리가 먼 나이기에
인간관계에서조차 그렇게 피해버리는 편이었습니다.

그런데 사람과 사람이 만나 서로 교류하는 인간관계는
이 사회를 움직이는 기본적인 원리라고 할 수 있지요.
나 아닌 다른 사람의 마음을 얻고, 그에게 다가가는 것은
우리 삶의 필수 요소입니다.

그렇다면 그 사람의 마음을 얻는 방법은 어떤 게 있을까요?

평생 돌을 다듬어온 석공이 땀을 흘리며 돌에다가
글씨를 한 자 한 자, 새기고 있었습니다.
이를 지켜보던 정치가가 말했습니다.

"당신이 돌을 다듬는 것처럼 내게도
사람들의 단단한 마음을 다듬는 기술이 있었으면 좋겠군요.
사람들 마음에 내 미래와 비전을 심어주고 싶지만
그게 참 어려운 일입니다."

그러자 석공이 수건으로 땀을 훔치며 이렇게 대답했습니다.

"선생님도 저처럼 무릎을 꿇고 일한다면 해내실 수 있습니다."

어른들은 이런 말씀을 하십니다.
마음을 얻으려면 그의 상투를 잡으려 들지 말고
그의 버선 앞에 엎드리라고.
오만한 마음으로는 다른 사람의 마음을 얻을 수 없다는 점,
그리고 자만심으로는 꿈을 이룰 수 없다는 점을
잘 기억하고 싶습니다.

《노자》에서도 이렇게 강조하지요.

"바다와 강이
수백 개의 산골짜기 물줄기에 복종하는 이유는
그것들이 항상 낮은 곳에 있기 때문이다.
따라서 다른 사람들보다 높은 곳에 있기 바란다면
그들보다 아래에 있고, 그들보다 앞서기 바란다면
그들 뒤에 위치하라."

품은 인연을 이어가는 법, 사랑을 이루는 법,
그것은 자세를 낮추고 다가서는 일밖에 없습니다.
꿈을 이루는 방법도 다르지 않습니다.
그 앞에 무릎을 꿇는 심정이 된다면,
이루지 못할 사랑도, 해내지 못할 일도 없을 겁니다.

살아 있는 동안 바람이 불어 인연의 꽃잎을 흔들지라도
지지 말고 오래오래 아름답게 꽃 피웠으면 합니다.
그러기 위해서 낮아지는 연습을 합니다.

슬픈 사람을 위로하는 마음은
나를 위한 것입니다

어느 날 앞을 못 보는 사람이 물동이를 머리에 이고,
손에는 등불을 들고 우물가에서 돌아오고 있었습니다.
그때 그와 마주친 마을 사람이 그에게 물었습니다.

"앞을 못 보면서 등불은 왜 들고 다닙니까?"

그러자 앞 못 보는 사람이 대답했습니다.

"당신이 저에게 부딪힐까 걱정돼서요."

그가 손에 들고 있는 등불은
그를 위한 것이 아니라 타인을 위한 것이었습니다.

뤼신우의 《세상을 보는 지혜》에는 이런 말이 나옵니다.

"좁고 험한 길에서 앞에 가던 수레가 뒤집어지면
뒤에 가던 수레가 도와줄 수밖에 없다.
특별히 친절한 마음을 가졌기 때문이 아니라
앞의 수레가 길을 막아
자신의 수레가 지나갈 수 없기 때문이다."

앞에 가던 누군가가 쓰러져 있을 때
그를 일으켜야 내가 갈 수 있습니다.
그렇게 우리는 공동의 이익과 위험에 함께 처해 있습니다.
넓게는 나라와 나라 사이도 그렇지요.
이웃나라의 공해가 우리나라의 하늘을 덮기도 하고,
다른 나라 전쟁에 우리나라 젊은이들이 희생되기도 합니다.

커다란 세계 속 각국의 이해관계도 그런데
사람과 사람 사이 공동체의 의미는 더 강해질 수밖에 없습니다.
한 정치인이 사사로운 이익에 골몰하여 다른 정치인을 욕하면
정치인 전체가 욕을 먹게 되는 것이고,
나만 혼자 잘 살겠다고 사재기를 하면
내 자식, 내 친구는 먹지 못하게 됩니다.
남의 어려움을 모르는 체하면 결국 자신이 고립되고 마는 것이
더불어 사는 세상의 원칙이자 이치입니다.

그러므로 쓰러진 사람의 손을 잡아 일으키는 그 마음은
곧, 자신을 일으키는 마음입니다.
슬픈 사람을 위로하는 마음은
곧, 나를 위안하는 마음입니다.

쌓아놓은 것이 아니라
나눠준 것이 남는 것이죠

배우 정태우의 엄마는 잘 아는 고향 언니입니다.
그 언니가 들려준 이야기입니다.

태우가 〈왕과 비〉에서 단종 역할을 할 때였습니다.
태우의 연기에 감동받았다며
충청남도 공주에 사는 노부부가 김장을 해서 보내왔습니다.
그 후 지금까지 17년 동안 겨울이면 한 해도 빠짐없이
김장 김치가 태우네 집으로 왔습니다.
그리고 직접 농사 지은 콩으로 만든 메주와
청국장과 마늘 다진 것까지 함께 보내왔습니다.

작년에도 어김없이 김치가 왔습니다.
이제 그만하시라고 해도 자꾸 보내주시는 그분들,
17년 동안 김치를 보내오신 그분들을 직접 뵙고 싶었습니다.
맛있는 식사도 대접하고 직접 용돈도 드리고 싶은 마음이었습니다.
언니는 주소를 들고 물어 물어 그 집을 찾아갔습니다.
생각보다 더 시골이고 더 허름한 집에서
노인 내외분이 살고 계셨습니다.
맛있는 거 사드리려고 왔다는 언니 말에
노인 내외는 손사래를 쳤습니다.

"에이구. 나가서 먹긴 뭘 나가서 먹어유?
우리 집 손님은 별 반찬 없어도 우리 집에서 식사하셔야 돼유."

식탁도 없이 상을 펴
그 위에 저녁을 차려 내오시는 할머니.
할머니의 상차림을 도와주시며
자꾸만 뭘 꺼내오시는 할아버지…….

언니는 수저를 뜨면서 자꾸 가슴이 아렸습니다.
고마움을 넘어선 슬픔 비슷한 감정이 올라왔습니다.
고맙다는 인사도 차마 나오지 못하는 감동이었습니다.
"여기 여기, 이리로 와서 앉아유" 하며
따뜻한 아랫목으로 언니를 이끄는 할머니 할아버지.
아랫목만 따뜻하고 다른 데는 다 싸늘한 집에서
두 노인이 살면서 얼마나 힘겹게 농사를 지으셨을까.
그렇게 지은 배추와 콩을 김치로 담고 메주를 쒀서
자식도 손주도 아닌, 다만 오랜 옛날 감동을 준 배우에게
한결같은 마음으로 17년 동안 보내주시다니…….
수저를 더 뜰 수가 없게 눈물이 났습니다.

그날도 배추며 깍두기, 동치미에 콩과 메주에 파까지
이것저것 싸주시느라
컴컴한 마당에서 손이 분주하신 할머니 할아버지.
이러지 마시라고 말렸지만
"버리지만 말고 맛있게만 먹어유" 하셨습니다.
"이런 시골까지 와줘서 고마워유" 하셨습니다.

두 분에게 조금이라도 보은하러 갔다가
오히려 더 고마운 마음만 쌓여서 오는 길에 언니는 생각했습니다.

'사람이 이렇게 아름다울 수 있구나.
그 어떤 예술도, 그 어떤 자연도 사람만큼 감동을 줄 수 없겠구나.'

언니는 그분들이 주신 것들을 소중히 먹고 있습니다.
콩 한 알 흘릴 수가 없습니다.
언니가 말했습니다.

"내 인생에서 가장 황홀한 저녁 식사였어."

언니는 마음이 추워지는 순간순간, 그분들을 떠올립니다.

그러면 난로처럼 마음이 따뜻해집니다.

언니의 이야기를 듣다가 문득
미우라 아야코의 장편소설 《빙점》의 한 구절이 떠오릅니다.

"생을 마감한 뒤 남는 것은
그가 쌓아놓은 것이 아니라
나누어줬던 것이다."

사람과 사람 사이에
물길이 트입니다

제자 서진이 휴학계를 내고
방 안에만 틀어박혀 있을 때 친구가 연락을 해왔습니다.
발달장애아들의 봄 소풍에
자원봉사자로 참여해보지 않겠냐는 것이었습니다.
무료했던 터라 아무 생각 없이 출발 장소로 향했습니다.
논산 역에서 기차를 타고 전주 동물원에 다녀오는 일정이었습니다.

서진이는 자폐아인 장군이와 짝이 됐는데,
습관적으로 자기 손을 깨무는 아이였습니다.
장군이는 말없이 창밖만 쳐다보다가
가끔씩 서진이의 허벅지 위에 제 손을 올려놓곤 했습니다.
곁에 누군가가 있음을 그런 식으로 확인하는 것 같았습니다.

동물원에 도착해서 둘씩 흩어져서 구경을 했습니다.
장군이는 기린이나 공작들을 보는 대신,
바닥에 철퍼덕 주저앉아 잡풀들만 뜯어 먹었습니다.
못하게 말리면 서진이 손등을 잘근잘근 깨물어댔습니다.
난감해진 서진이는 에라, 모르겠다.
오줌이나 싸지 말았으면 싶었습니다.
가방 안에 여벌 옷과 기저귀가 들어 있긴 했지만,

뒤처리를 할 자신이 없었습니다.

그러다 사회복지사와 마주쳤는데,
그는 장군이가 오줌을 눴는지부터 물어왔습니다.
아니라고 답하니, 그럴 줄 알았다면서
밖에만 나오면 억지로 오줌을 참아 걱정이라고 했습니다.
서진이는 문득, 잔뜩 웅크리고 있는 자신과
잔뜩 참고 있는 장군이가 닮았다는 생각을 했습니다.

반쯤 잠이 든 아이를 안아 들고 걷다가
나무 그늘 아래 앉았습니다.
따뜻한 가슴팍이 숨을 쉴 때마다 오르락내리락거렸습니다.
그 체온에 그 호흡에 위로라도 받는 기분이었습니다.
사람과 사람이 맞닿는 순간에
다정한 말들이 소리 없이 오고 갈 수 있다는 게,
참 놀랍고 고마웠습니다.

마종기 시인이 시 〈우화의 강〉에서 그랬던가요.

"두 사람 사이에 서로 물길이 튼다"

아마 장군이는 눈치채지 못했을 것입니다.
그 순간 자신이 서진에게 주었던 벅찬 감동을.

마음속
우산을 간직하세요

친구는 참 예쁜 외모를 지녔습니다.
사랑하는 남자와 결혼해서 남매를 낳아 잘 키우며 살았습니다.
동창들이 모이면 신은 불공평하다며 그 친구를 부러워했죠.

그런 어느 날, 우리 동창들에게 비보가 날아들었습니다.
허둥지둥 병원으로 갔습니다.
수면제를 과다하게 복용해왔다고 했습니다.
수많은 질문 대신 그저 친구의 손을 잡아주다가 나왔습니다.

길을 걸으며 생각했습니다.
모두가 부러워하는 사람도 아픔을 견디며 살아가고 있구나.

우리는 모두 우산을 쓰고 비가 내리는 길을 걸어가는 중입니다.
바람이 너무 많이 불어 우산이 흔들립니다.
우산을 꼭 붙들고 싶었지만 야속한 바람이 데려가버렸습니다.
우산을 잃어버리니 몸이 젖어듭니다.
축축하게 젖은 몸으로 차가운 길을 걸어갑니다.
이것이 인생입니다.

"젖지 않고 가는 삶이 어디 있으랴"

시인 도종환의 시 〈흔들리며 피는 꽃〉에 나오는 대목입니다.

우산을 쓰고 나서야,
비가 내리고 있었구나 알게 된 적이 있습니다.
우산을 쓰고 나서야,
내가 비를 맞고 있었구나 알았던 적이 있습니다.
우산 같은 당신을 만나고 나서야 비로소 느끼게 됐습니다.
지금까지 젖는 줄도 모르고 젖고 있었구나.
내가 줄곧 울고 있었구나.

그래요. 비바람에도 절대 날아가지 않을 우산이 필요합니다.
햇살 좋은 날에는 우산을 잃어버리기 쉽지요.
우산의 소중함을 잊고 함부로 대하기 쉽지요.
우리 삶에도 장마 시즌이 있습니다.
비 오는 날을 대비해 그 우산, 잘 간직하세요.

머무르고 싶던 시간을
기억하세요

1급 발달장애를 가진 한 장애인은 '좋다'라는 말을 못합니다.
그 대신 그는 '업어'라고 합니다.
어머니 등에 업혔던 기억 때문에 그 이상의 표현을 알지 못합니다.
그가 '업어'라고 말하는 표정에는
어머니 등에 업혀 있던 시간이 어려 있습니다.

어린 시절 나 역시 어머니 등에 업혔던
그 따뜻한 시간이 정말 좋았습니다.
어머니 등에 업혀 골목길을 가면
따뜻하고 향긋하고 편안했습니다.
집까지 다 가면 어머니 등에서 내려야 하는데
왜 그렇게 시간이 빨리 가던지……
어머니의 걸음이 그날따라 빠르게 느껴졌습니다.
집에 도착했고 벌써 잠에서 깨어나 있었지만
그래도 계속 잠든 척했습니다.
어머니의 포근한 등에서 내리고 싶지 않았거든요.

그 순간에 영원히 머물러 있고 싶은 때가 있습니다.
영원이 허락되지 않는다면 조금이라도
더 시간을 늘리고 싶은 그런 순간이 있습니다.

'그대로 멈춰라' 주문을 걸고 싶은 그 순간은
사랑하는 사람과 함께 있는 시간입니다.
사람의 정이 등불처럼 피어나
마음을 따뜻하고 향긋하게 치유해주는 그런 시간입니다.

사랑하는 당신과 함께하는 시간은,
어린 시절 어머니 등에 업혀서 잠든 척한 것처럼
포근한 사랑의 등에 업힌,
절대 내리고 싶지 않은 순간입니다.

기쁘게 일하는 사람이
아름답습니다

미용실에 가면 만나는 청년이 있습니다.
청년은 보조 미용사여서
머리를 감겨주는 일과 허드렛일을 하고 있습니다.
그는 앞으로 미용사가 될 거라는 꿈에 부풀어 있습니다.
곧 다가올 미용사 자격 시험을 준비하느라
퇴근하고도 미용실에 남아 연습을 하는데
근래 들어서 세 시간 이상 자본 적이 없다고 합니다.
집에 가려면 시간이 걸리고 교통비도 들어서
잠도 미용실 소파에서 자고,
식사도 미용실 휴게실에서 해결하고,
아낀 시간은 모두 연습에 쏟는다고 했습니다.

고될 만도 한데, 희망으로 넘쳐서 그런지 얼굴에서 빛이 납니다.
유명인도 아니고 대단한 스펙을 갖춘 것도 아닌데
그 청년에게서 오라가 넘칩니다.

그 청년이 머리를 감겨주면 정성이 느껴집니다.
가족의 머리를 대하듯 마음을 담아 머리를 감겨줍니다.
미용실 고객에게 커피도 가져다주고 과자도 가져다주는데
마지못해 하는 게 아니라

집에 온 손님을 모시듯 극진하게 대접합니다.
고맙다고 인사하면 그 인사가 더 고맙다며
신이 나서 헤헤 웃습니다.

남자 미용사가 많아진 것은 사실이지만
부모님 입장에서는 어쩌면 아들이 미용 직업을 택한 것이
걱정되는 일일 수도 있겠다는 생각이 들었습니다.
청년에게 물었습니다.

"미용사를 한다고 하니까 부모님이 뭐라고 하세요?"

청년이 대답했습니다.

"우리 아버지는 동네 사람들한테 이렇게 자랑해요.
변호사 검사 의사보다 미용사가 더 높아!"

하하 웃음이 나는데, 그가 진지하게 대답했습니다.

"'사'자 직업 중에서 미용사가 최고죠!"

최고의 직업이 별거겠습니까.
꿈을 향해 도전할 수 있고, 먹고살 만한 돈을 벌고
부모님께 용돈도 드릴 수 있다면 그게 최고의 직업이겠지요.
무엇보다 즐겁고 신나게 일할 수 있다면
그 어떤 직업보다 훌륭한 직업임에 분명합니다.
지금도 미용실에는 그 청년 목소리가 크게 울릴 겁니다.

"어서 오세요! 감사합니다!"

내가 원해서 할 때와 그것이 의무가 되어버릴 때,
똑같은 일을 하는데도 두 감정의 차이는 대단합니다.
모든 분야의 대가들은
그 감정을 일치시키는 데 성공한 사람들이라고 하지요.

"내가 원하는 것이 바로, 내가 해야만 하는 일이다."

그 두 가지를 일치시키는 사람들이 뭔가를 이뤄낸다는 것입니다.

다만 의무이기 때문에 어쩔 수 없이 하는 일,
어쩔 수 없이 만나는 사람을 대하는 일이면,

지옥을 사는 것처럼 괴로울 겁니다.
반대로, 하고 싶어서 하는 일,
만나고 싶은 사람을 대하는 일이면
천국에서 사는 것처럼 행복하겠지요.

우리가 하는 일, 힘들지 않은 일이 있을까요?
그러나 누구는 투덜거리며 마지못해 하고,
누구는 즐겁게 콧노래를 부르며 합니다.

자신이 하는 일을 즐겁게 하는 사람,
만나야 할 사람을 기쁘게 만나는 사람,
꿈을 좇기 위해 매일 아침 신발 끈을 고쳐 묶는 사람,
그런 사람이 당신이길 바랍니다.

사랑하는 당신과 함께하는 시간은,
어린 시절 어머니 등에 업혀서
잠든 척한 것처럼
포근한 사랑의 등에 업힌,
절대 내리고 싶지 않은 순간입니다.

다음, 다음,
안 되면 그다음이 있습니다

제자는 이력서를 수십 통 썼고
면접 시험도 수없이 봤다고 했습니다.
그런데 취업이 되지 않는답니다.
집에 들어가는 발걸음이 쇠뭉치를 단 것처럼 무거워
한참을 집밖에 앉아 있다가
부모님 주무시는 시간에 집에 들어가곤 한다고 합니다.

어떤 위로의 말도 통하지 않을 것 같아
그저 등만 토닥여주다가 돌아왔습니다.
그러다가 신문 한 귀퉁이에서 그에게 해줄 말을 발견했습니다.

미국 NYU 티시 스쿨의 졸업식장에서
배우 로버트 드 니로가 졸업식 연설을 한 내용입니다.

"이제 맞춤 티셔츠를 입게 될 것입니다.
뒷면엔 '거절'이라는 단어가 적힌 티셔츠를요.
하지만 그 티셔츠 앞면에는
'다음'이라는 말이 적혀 있습니다."

연설 끝에 그는 이렇게 말했습니다.

자신의 꿈을 펼치세요.
그리고 항상 기억하세요,
'다음'이라는 말을요.

제자에게 전화해 로버트 드 니로의 연설문을 읽어줬습니다.
제자의 목소리가 떨리더니 울음 섞인 목소리로 말했습니다.

"자꾸 실패하는 저에게도 다음이 있을까요?"

나는 실패라는 말을 '경험'이라는 단어로 바꿔주었습니다.
실패는 없습니다. 뜻대로 잘 안 되었던 경험을 했을 뿐입니다.
그 경험들이 모여 인생 내공이 쌓입니다.

내가 잘하는 끝인사는 "파이팅!"입니다.
헤어질 때마다 두 주먹을 쥐고 외칩니다.

"파이팅!"

싸우자는 얘기가 아니라 버티자는 뜻입니다.
파이팅이라는 응원도, 포기하지 말자는 위로도

사실 나 자신에게 들려주고 싶은 말입니다.

명배우 로버트 드 니로도 여러 번 오디션에서 떨어졌다고 합니다.

20여 년 간 세계 최정상 지켜온 톱 모델 지젤 번천은
오디션에서 마흔두 번 거절당한 경험이 있다고 고백했습니다.
그녀는 거절당했다고 주저앉지 않았고
고등학교 중퇴의 학력에도 포기하지 않았습니다.
살아남기 위해 4개 국어를 익혔고,
모델이 된 후 20년 동안 한 번도 지각한 적 없었다고 합니다.

로버트 드 니로도, 지젤 번천도
포기하지 않았기 때문에 이뤄냈습니다.

이번이 아니면 다음, 다음이 안 되면 또 다음……
재능 중에 가장 강력한 힘을 발휘하는 것은 끈기입니다.
꿈의 스토커가 되어 끝까지 따라가봐야 합니다.

무거운 짐을 진 자가
깊은 발자국을 남깁니다

지인이 절에 갔다가 밤새 기도를 올리는 사람을 봤는데,
낯이 익어 생각해보니 재벌 부인이었다고 합니다.
템플스테이를 하던 차라 새벽에 일어나 나가 보니
잠도 안 자고 그때까지 절을 드리고 있었습니다.

무슨 일로 그토록 간절히 기도를 드리느냐고 물었습니다.
그리고 알게 되었습니다. 재벌도 돈 걱정을 한다는 사실을.
호텔이 안 팔려 구상해둔 사업을 할 수 없어서
제발 호텔이 팔리게 해달라는 기도를 드린다는 것이었습니다.

돈 걱정 안 하고 사는 사람 없구나,
거지도 재벌도 돈 걱정하고 사는 것은 똑같구나,
오히려 재벌의 돈 걱정이 규모가 커서 더 골치 아픈 거구나,
깨달았다는 지인의 말을 들었습니다.

가끔 우리는 아주 아름다운 여자 배우가 성형수술을 한 후에
얼굴이 이상하게 변해버린 것을 보게 됩니다.
참 예쁜데 더 예뻐지고 싶을까 싶습니다.
모든 여성이 다 부러워하는 미모를 지닌 여성도
외모 때문에 고민을 하며 살아가고 있는 것입니다.

자식을 아주 잘 키운 것처럼 보이는 사람도
자식의 다른 문제 때문에 걱정을 하고
배우자를 아주 잘 만난 듯 보이는 사람도
고민이 있습니다.

누구나 다 각자 짊어진 짐이 있습니다.
누구나 인생의 짐을 지고 터벅터벅 걸어갑니다.

김용택의 시 〈아름다운 짐〉의 한 구절이 생각납니다.

"목숨 같은 이 땅이
나에게 그런 아름다운 짐을 짊어주었다네
벗을 수 없는 이 아름다운 짐을"

무거운 짐을 진 자가 깊은 발자국을 남깁니다.
그 사람이 찍어놓고 간 깊은 발자국은
훗날 누군가의 길잡이가 될지도 모릅니다.

신은 시기를 잠깐 늦추는 것일 뿐입니다

정말 죽을힘을 다했는데, 생각만큼 안 될 때가 있습니다.
그럴 때는 "신이시여! 저한테 왜 이러십니까?"라는 탄식이
절로 흘러나옵니다.
그럴 때, 안소니 로빈스의 저서 《네 안에 잠든 거인을 깨워라》에서
이 구절을 보고 나는 정말 힘이 났습니다.

"신이 시기를 늦추는 것일 뿐,
그것이 곧 신의 거절은 아니다."

가수 아이유가 토크 프로그램에 나온 것을 봤는데,
어른이 갖고 있는 내공을 갖고 있었습니다.
스스로도 자기가 늙었다고 표현할 정도였습니다.
어린 시절 겪은 집안의 고난으로
가족들이 흩어지고, 단칸방에서 할머니와 살면서
바퀴벌레를 수없이 손바닥으로 쳐내던 그 고난이
아이유를 강하게 만들지 않았을까요?

성공의 상징인 유재석도
대학 개그제로 데뷔한 후에 10년 동안 무명 생활을 하며
서른 살까지 부모님께 용돈 받을 정도로 어렵게 지내야 했습니다.

가수 김범수도 외모로 인해 상처를 많이 받았습니다.
그런데 그들은 결국 성공을 했습니다.
그들이 성공한 이유는 다른 사람이 변하기를 바라지 않고
내 상황이 달라지기를 바라지 않고
스스로가 변했기 때문입니다.

내가 바뀌면 상황도 바뀌고 남도 바뀌어갑니다.
그것이 사람이 위대한 이유이고 신비로운 이유입니다.
물론 이미 벌어진 것, 이미 갖고 있는 것,
태어난 상황은 바꿀 수 없습니다.
하지만 바꿀 수 없는 것을 탓만 하고 있을 수는 없지요.

행복의 반대말은
'불행'이 아닙니다. '불만'입니다.
불만을 터뜨리며 불행해하기보다는
바꿀 수 있는 것을 일궈가야 합니다.

내 조건, 내 재능, 내 체격, 나를 이루는 환경……
주어진 것들이 미흡하다고 인생을 속단하지 말기 바랍니다.
첫 단추 잘못 끼웠으면 다시 풀고 끼우면 됩니다.

쏟아진 물은 어쩔 수 없으니
앞으로 물 단속 잘하면 됩니다.

아직 이룬 것이 없다구요?
절망할 것 없어요.
신이 시기를 늦추는 것일 뿐,
그것이 신의 거절은 아니랍니다.

구르는 돌이 된다면
언젠가는 닿을 거예요

노벨 문학상 수상 작가인 알베르 카뮈는
그의 스승인 장 그르니에가 쓴 《섬》의 서문에 이렇게 썼지요.

"길거리에서 이 조그만 책을 열어본 후
겨우 그 처음 몇 줄을 읽다 말고는 다시 접어
가슴에 꼭 껴안은 채 마침내 아무도 없는 곳으로 가서
정신없이 읽기 위하여 나의 방에까지 한걸음에 달려가던
그날 저녁으로 나는 되돌아가고 싶다.
나는 아무런 회한도 없이 부러워한다.
오늘 처음으로 이 《섬》을 열어보게 되는,
저 낯 모르는 젊은 사람을, 뜨거운 마음으로 부러워한다."

스승이 쓴 책을 설레는 마음으로 받아 들고
읽을 기쁨에 취해 가슴에 감싸안고 달려가는 제자.
거목이 될 제자를 한눈에 알아보고
그의 꿈에 날개를 달아주었던 스승.
이보다 멋진 만남이 있을까요?

나에게는 그런 스승이 있습니다.
지금은 하늘나라로 가신 김철수 선생님.

제주도에서 유명한 시인이셨던 선생님께서
우리 학교에 부임하시던 날, 내 인생은 달라졌습니다.

선생님은 나를 데리고 대학교 백일장마다 다니셨습니다.
그리고 상을 받을 때는 나보다 더 기뻐하셨습니다.
시화전을 열고 문학의 밤을 열며 작가의 꿈을 키워주셨고
누구에게나 정림이는 작가가 될 거라고 장담했습니다.
대학교에 갈 때는 너는 꼭 시인이 되어라 하시며
선생님이 아끼셨던 시집들을 나에게 주셨습니다.

시인은 되지 못했지만, 작가로 살아가는 나는
아무것도 해드리지 못하고 선생님과 작별하고 말았습니다.

96세 노교수인 김형석 교수는 제자의 시상식에 다녀와서
제자가 코트 주머니에 넣어놓은 용돈을 발견했습니다.
어릴 적에는 세뱃돈 받는 재미에 살았는데
나이가 드니 제자들에게 용돈 받는 재미에 산다며
노교수는 천진하게 웃었습니다.
스승에게 용돈을 드릴 수 있는 그 제자가,
상 받는 모습을 보여드릴 수 있는 그 제자가 부러웠습니다.

나는 선생님께 빚졌습니다.
좋은 글을 써서 선생님께 돌려드리기 위해
하루도 글을 놓을 수가 없습니다.
매일 아침 빠짐없이 쓰는 에세이는
선생님에게 바치는 내 인생의 반성문입니다.

선생님이 생전에 쓰신 시집을 오늘도 펴봅니다.
스승의 책을 펼치면서 카뮈가 느꼈던 설렘을
나는 선생님의 시집을 펼칠 때마다 느낍니다.

《구르는 돌》. 선생님 시집의 제목처럼
나도 머무르지 않고 구를 것입니다.

돌멩이일지언정 멈추지 않을 것입니다.
그렇게 구르다 보면, 다다를 곳이 있겠지요.

» 망설이지 말고
지금, 말해야 합니다

사랑은 마음으로 하는 것이 분명합니다.
마음에 차고 넘치지 않으면 그것은 사랑이 아닙니다.
그러나 마음에 담아두기만 하는 것 또한 사랑이 아닙니다.
사랑은 발이 없어서 상대방의 마음에
혼자서는 닿을 수가 없기 때문입니다.

어머니를 사랑하는 건 당연한 일입니다.
그러나 어머니는 한숨을 쉽니다.

"내가 이렇게 사랑을 쏟아붓는데 자식은 그 마음을 몰라준다."

마음으로만 백 번 사랑한다고 다짐하는 것보다
한 번 안아드리는 것이 어머니를 더 행복하게 합니다.

외롭게 골목길을 걸어가는 아버지의 뒷모습을 보며
자식은 마음이 아픕니다.
그러나 아버지는 혹시 무능한 아비를
부끄러워하는 것은 아닌지 걱정을 합니다.
마음으로만 여러 번 아버지를 부르는 것보다
아버지께 이제는 내 등에 업히시라고 말하는 것이

아버지를 더 행복하게 합니다.

언제나 미더운 친구도
한순간의 오해로 멀어질 수 있습니다.
선생님에 대한 존경을 마음으로만 간직하고 있으면
거리가 너무 멀어집니다.

아이에 대한 사랑도 마찬가지,
아이를 사랑하는 마음은 말로 표현할 수 없다며 담아만 두면
아이는 외로워집니다.

내 부모는 과연 나를 사랑하는 것일까?
내 부모가 나를 부끄러워하는 것은 아닐까?
가슴속에 아무리 사랑한다는 말이 가득하다고 해도
품고만 있으면 소용이 없습니다.
그들은 독심술사가 아니니까요.
사랑한다는 말을 마음에 품고만 있으면
상대의 마음에 가서 닿지 못합니다.

사랑하는 이에게서 꼭 듣고 싶은 말,

"당신을 사랑합니다."

사랑한다는 말이 세상을 견디는 힘이 되어줄 텐데
그 말을 아낄 필요가 있을까요? 그중에서도
"앞으로도 너를 사랑하겠다"는 미래형의 고백은
'맹세'이며, 오래 함께하겠다는 '언약'입니다.

우리가 살면서 가장 중요하게 해야 할 일은
황혼의 동반자를 만드는 일이 아닐까요?

머리에 내린 하얀 서리를 서로 만져줄 사람.
인생의 고비를 돌아보며 손잡고 남은 길을 함께 걸어갈 사람.

그런 사람이 있다면,
시간이 더 흐르기 전에 고백해보세요.

"당신을 사랑했고,
당신을 사랑하며
앞으로도 당신만을 사랑하겠습니다."

사랑한다는 말은,
바람 부는 세상에서 털옷처럼 따뜻하고,
피곤한 몸을 감싸는 하얀 홑이불처럼 부드럽습니다.

즐거움은
찾아야 오는 것입니다

칠레 가수 비올레타 파라는
서정시처럼 아름다운 노래를 남겼습니다.

"인생이여, 고마워요. 내게 너무 많은 것을 주었습니다."

이 노래를 남길 때 그녀의 삶은 사실 암담했습니다.
꿈도 멀어지고 사랑에게도 배신당하고 건강마저 악화되었죠.
스스로 목숨을 버릴 만큼 절망적인 생의 순간 앞에서
비올레타 파라가 노래한 것은,
그럼에도 불구하고 "인생이여, 고마워요"였네요.

나는 왜 이렇게 가진 게 없을까,
나는 왜 이렇게 되는 게 없을까,
나는 왜 이렇게 못났을까…….
불행한 요소들을 꼽다 보면 끝이 없습니다.
내 삶을 이루는 슬픈 것들을 꼽는 것은 도움이 안 됩니다.

행복도 불행도 다 습관에서 비롯된다고 하죠.
행복해지려면 행복의 요소들을 자꾸 꼽아봐야 해요.

우리는 불행하다는 전제 아래 인생을 살아야 해요.
불행한 가운데, 순간순간 행복을 찾아가며 살아야 하는 게
인간의 운명인 거죠.
인생은 즐거워서 즐거운 게 아니라 즐거움을 찾아야 즐겁습니다.

창가에 서서 생의 축복들을 하나하나 꼽아봅니다.
꽃향기를 맡을 수 있고 음악을 들을 수 있다는 사실도,
날 걱정해주는 가족이 있다는 사실도,
일을 할 수 있다는 사실도 참 고마운 일.
비올레타 파라처럼 이런 인사가 저절로 튀어나옵니다.

"인생이여, 고맙습니다."

국립중앙도서관 출판시도서목록(CIP)

착해져라, 내 마음 : 다시 나를 사랑하게 만든 인생의 문장들 /
지은이: 송정림. ― 고양 : 위즈덤하우스, 2015
    p. ;   cm

ISBN 978-89-5913-944-6 03810 : ₩13000

글귀[─句]

818-KDC6
895.785-DDC23   CIP2015019217

착해져라, 내 마음
다시 나를 사랑하게 만든 인생의 문장들

초판 1쇄 발행 2015년 7월 25일 **초판 2쇄 발행** 2016년 3월 4일

지은이 송정림 **펴낸이** 연준혁

출판 7분사 분사장 김은주
편집 유희경 **디자인** 하은혜
기획분사 박경아

펴낸곳 (주)위즈덤하우스 **출판등록** 2000년 5월 23일 제13-1071호
주소 경기도 고양시 일산동구 정발산로 43-20 센트럴프라자 6층
전화 031)936-4000 **팩스** 031)903-3893 **홈페이지** www.wisdomhouse.co.kr

값 13,000원   ISBN 978-89-5913-944-6 03810